Endstation

Alte Bastei

Günter Schäfer

Der Inhalt dieses Buches ist in allen Teilen urheberrechtlich geschützt. Jede Verwertung außerhalb des Urheberrechtgesetzes ist ohne ausdrückliche Genehmigung des Autors unzulässig und strafbar. Dies gilt sowohl für Vervielfältigungen, Übersetzungen, Verfilmungen, sowie für die Speicherung und Verarbeitung in elektronischen Systemen.

© 2012
www.krimi-lokal.de

Herstellung und Verlag: Books on Demand GmbH, Norderstedt

ISBN: 9783848225644

Prolog

Stadtstreicher, Tippelbrüder, Obdachlose oder Penner. Diese und noch weitere Titulierungen werden Menschen zugedacht, die nicht selten von Seiten unserer Gesellschaft ausgestoßen werden, oder sich zumindest so fühlen.

Viele stören sich an diesen Bildern in den Städten, die nicht nur ältere Menschen in ungepflegter Kleidung mit Plastiktüten und Alkohol zeigen, sondern zunehmend auch Jugendliche, die scheinbar ziellos in den Tag hinein leben und im schlimmsten Fall tatsächlich zur Belästigung werden.

Sie geraten wohl aus den unterschiedlichsten Gründen in diese Situation. Manche, weil es ihnen schwerfällt, sich in die Strukturen unserer Gesellschaft einzugliedern, oder sie dies einfach nicht wollen. Andere unschuldig, weil sie einfach Pech hatten durch Krankheit, den Verlust des Arbeitsplatzes usw.

Darüber soll in diesem Roman auch weder ein Urteil gefällt werden, noch will ich mir anmaßen, irgendwelche Schicksale dieser Menschen zu kommentieren.

Schneller als einem lieb ist kann jeder von uns, wenn auch für manche schwer vorstellbar, in eine ähnliche Situation geraten, auch wenn dies wohl überwiegend in den großen Metropolen unseres Landes vorkommt.

Nicht ganz so schlimm scheint dies in den kleineren Städten aufzutreten, obwohl diese Menschen auch hier anzutreffen sind.

So auch in Nördlingen, der Großen Kreisstadt im Landkreis Donau-Ries, die auch als die *Riesmetropole* bezeichnet wird.

Dies ist wohl weniger auf die *nur* knapp 20.000 Einwohner zurückzuführen, sondern eher auf die zentrale Lage der Stadt innerhalb des Rieskraters mit ihren Sehenswürdigkeiten, die alljährlich von zahlreichen Touristen aus aller Herren Länder besucht und bestaunt werden.

Eine dieser Sehenswürdigkeiten, die Alte Bastei, sollte zu einem Schauplatz des Verbrechens werden.

Ich möchte hiermit ausdrücklich darauf hinweisen, dass auch in dieser Geschichte die gesamte Handlung mit allen darin vorkommenden Personen ausnahmslos meiner Fantasie entsprungen und somit frei erfunden ist.

Jede Übereinstimmung mit Abhandlungen bzw. lebenden oder verstorbenen Personen wäre rein zufällig und nicht beabsichtigt.

1. Kapitel

Wieder einmal machten sich Polizeiobermeister Peter Wagner und seine Kollegin Beate Kranz auf den Weg in Richtung der Nördlinger Stadtbibliothek. Schon zum dritten Mal in dieser Woche gab es in den Abendstunden massive Beschwerden von Anwohnern in unmittelbarer Nähe.

Da sich der Ort des Geschehens nicht allzu weit von der Nördlinger Polizeiinspektion entfernt befand, entschlossen sich die beiden Beamten, kein allzu großes Aufsehen zu erregen.

Statt eines Dienstfahrzeugs mit Blaulicht wählten sie deshalb Schusters Rappen, vergaßen jedoch nicht, sich vorschriftsmäßig mit Dienstwaffe und Schlagstock für einen möglichen Ernstfall auszustatten.

Beide hofften zwar bei solchen Einsätzen immer, dass es ohne körperliche Auseinandersetzung ging, aber man wusste ja nie.

Die in der Vergangenheit zunehmenden Klagen von Bewohnern und Touristen der Stadt machten Peter Wagner und Beate Kranz sehr nachdenklich. Immer wieder mussten sie oder ihre Kollegen ausrücken, um irgendwo in Nördlingen lautstarke verbale Attacken oder gar Handgreiflichkeiten zu schlichten.

Anlass dazu waren häufig provozierende Streitgespräche, die entweder betrunkene Erwachsene, oder halbstarke Jugendliche mit den sogenannten Obdachlosen führten.

Schon bevor die beiden Beamten den Krieger-brunnen am Eingang zur Fußgängerzone erreicht hatten, war ein lautstarkes Wortgefecht zu vernehmen.

„Scheint ja mal wieder hoch herzugehen", meinte Peter Wagner zu seiner Kollegin. „Ich hab's langsam satt, mich immer als Prellbock zwischen diese Streithammel stellen zu müssen."

„Solche Einsätze gehören eben auch zu unserem Job", meinte Beate Kranz etwas säuerlich grinsend.

„Schon", antwortete Peter Wagner zerknirscht. „Aber diese Einsätze nehmen langsam überhand. Da suche ich doch lieber nach einem gestohlenen Fahrrad, oder hole das entlaufene Kätzchen einer alten Dame vom Baum."

Jetzt musste Beate Kranz doch lachen.

„Du findest das wohl auch noch lustig?", meinte Wagner.

„Ich stell mir gerade vor, wie du unter einem Baum stehst und mit einer Spielzeugmaus in der Hand immer miez, miez, miez rufst."

Ein kurzer *Ich fresse dich gleich – Blick* ihres Kollegen traf Beate Kranz von der Seite, als sie sich dem Anlass ihres Einsatzes näherten.

Mit einem raschen Blick erkannte Peter Wagner, dass sich im hinteren Teil des Geländes vor der Stadtbibliothek sieben Personen aufhielten. Die drei eher harmlos auf einer Bank Sitzenden waren ihm bekannt.

Er sah sie des Öfteren hier in der Nördlinger Innenstadt. Manchmal begegnete er ihnen am Kriegerbrunnen, aber auch an verschiedenen Plätzen an der Stadtmauer oder am Daniel hatte er sie schon angetroffen.

Trotz der scheinbar bedrohlichen Haltung der Jugendlichen gegenüber den drei Personen war der Polizeiobermeister etwas erleichtert.

Allem Anschein nach waren die vier Burschen keine Angehörigen einer radikalen Gruppe. Jedenfalls deutete in diesem Augenblick nichts darauf hin.

„Normalerweise ist dieser Zugang zur Bibliothek um diese Zeit doch schon abgesperrt", bemerkte Beate Kranz, als sie an dem an dieser Stelle geöffneten Tor standen.

„Sicher", gab Peter Wagner zurück und betrachtete sich das Schloss.

„Aufgebrochen?", fragte seine Kollegin.

„Sieht mir ganz danach aus", murmelte Wagner, der sich nun wieder in Bewegung setzte, um kurz darauf etwas lauter hinzuzufügen: „Da bin ich doch mal gespannt, wie die Herrschaften uns dies erklären können."

Als er auf die kleine Gruppe zutrat, verstummte zunächst das Geschrei.

Mit einem vorlauten *Hallo, ihr Freunde und Helferinnen* wurden die beiden Beamten von dem scheinbar Rede führenden jungen Mann begrüßt, der mit ausgebreiteten Armen und einer Flasche in der linken Hand auf Peter Wagner zukam.

„Leider kann ich ihnen nichts mehr zu trinken anbieten, Herr Kommissar", grinste er etwas dümmlich.

„Diese Flasche ist leer und die andere haben die Penner hier aus lauter Angst fallen lassen."

Dabei zeigte er auf einen kleinen Scherbenhaufen neben der Bank.

Wagner bemerkte sogleich die Alkoholfahne, die ihm entgegenschlug. Etwas angewidert drehte er seinen Kopf zur Seite.

„Ob wir hier Freunde werden und wem wir letztendlich helfen, das steht auf einem ganz anderen Blatt", entgegnete der Polizeibeamte. Er deutete mit der Hand hinter sich auf den Durchgang, der von Beate Kranz genauer in Augenschein genommen wurde.

„Zunächst würden wir gerne in Erfahrung bringen wer dieses Schloss aufgebrochen hat."

Der vor ihm stehende junge Mann ließ mit einem dümmlichen Grinsen und von einem lauten Rülpser begleitet seine noch immer ausgebreiteten Arme sinken, bevor er seinen Kopf etwas schief legte und mit lallender Stimme etwas überheblich meinte:

„Keine Ahnung, Herr Kommissar. *Ich* jedenfalls war das nicht."

Um die Bestimmtheit seiner Aussage zu unterstreichen tippte sich der offensichtlich alkoholisierte junge Mann mit dem Zeigefinger gegen seinen Brustkorb.

„Vielleicht war's ja einer von diesen Pennern hier", vernahm Wagner mit einem Mal die Stimme eines anderen aus der Gruppe.

„Ja, genau", meldete sich ein dritter zu Wort. „Die haben sich bestimmt hier eingeschlichen, sich volllaufen lassen und sind dann weggepennt."

„Der war gut", grinste der Vierte im Bunde. „Die Penner sind weggepennt."

Zur Selbstbestätigung über seinen in Wagners Augen ziemlich misslungenen Witz begann er lauthals zu lachen, brach dieses Gelächter jedoch gleich wieder ab als er bemerkte, dass der Polizeibeamte dies scheinbar gar nicht lustig fand.

Beate Kranz, die inzwischen an die Seite ihres Kollegen gekommen war, meinte kurzerhand:

„Es lässt sich ziemlich leicht feststellen, ob ihr hier mit einer Brechstange am Werk gewesen seid. Wir werden jetzt zuerst einmal eure Personalien aufnehmen und anschließend das Tor auf Fingerabdrücke untersuchen.

Danach wird sich ganz schnell herausstellen, ob ihr eine Anzeige wegen Sachbeschädigung und Einbruchs bekommt, oder ob es für euch noch mal mit einem blauen Auge ausgeht."

Beate Kranz wusste ganz genau, dass sie sich auf einen kleinen Bluff einließ. Bei der Anzahl an Personen die hier jeden Tag ein und ausgingen, ließ sich ihre Behauptung sicherlich kaum in die Tat umsetzen. Aber angesichts des alkoholisierten Zustands der vier jungen Männer wollte sie diesen kleinen Trick wenigstens ausprobieren.

Und scheinbar sollte sie Recht behalten. Die drei Kameraden ihres immer noch vor Peter Wagner stehenden Kumpels sahen sich kurz an und gaben mit einem Mal Fersengeld.

Wie der Blitz rannten sie in einem Bogen um die beiden Polizeibeamten und ihren Kameraden herum.

Beate Kranz war erstaunt über die Wendigkeit der Jugendlichen.

Als sie wenige Augenblicke später reagierte und hinter ihnen her rannte, hatten die drei bereits das Tor erreicht und flitzten ohne sich auch nur ein einziges Mal umzusehen in Richtung Innenstadt.

Einen kurzen Moment überlegte die Beamtin, die Verfolgung weiter aufzunehmen, entschloss sich dann aber dagegen.

Nachdem es offensichtlich nicht zu Handgreiflichkeiten gekommen war, bei der es Verletzungen gab, war sie der Meinung, es bei dem Schrecken für die jungen Männer zu belassen. Sie ging zurück zu ihrem Kollegen.

Peter Wagner sah währenddessen in das erschrockene Gesicht des noch immer vor ihm Stehenden.

Der leicht torkelnde junge Mann geriet plötzlich in Bewegung.

Der Polizeiobermeister nahm dies rechtzeitig wahr und packte ihn geistesgegenwärtig am Arm, den er sogleich mit einer gekonnten Bewegung nach hinten drehte. Er tat dies wohl wissentlich nur soweit, dass er dadurch keine Verletzung hervorrief.

Dennoch schrie der Jugendliche erschrocken auf.

„He, Mann. Was soll das? Sie haben kein Recht mich hier einfach festzuhalten."

Erstaunlich nüchtern kam den beiden Polizeibeamten diese Aussage vor.

„Ist ja nur zu ihrem eigenen Schutz", meinte Wagner mit gestellt wohlwollender Stimme.

„Nicht dass sie in ihrem Zustand noch stürzen und sich verletzen. Außerdem benötigen wir noch ihre Unterstützung beim Erfassen der Personalien. Sicherlich können sie in Vertretung für ihre Kameraden diese zu Protokoll geben, oder?"

Der junge Mann versuchte sich aus dem Griff des Polizisten zu befreien. Als er dies erfolglos aufgeben musste versuchte er, Peter Wagner gegen das Schienbein zu treten.

Dieser jedoch drückte nun den gedrehten Arm etwas nach oben, sodass der Jugendliche schmerzhaft aufschrie.

„So, Schluss nun mit dem Kaspertheater", sprach Wagner bestimmt. „Frau Kollegin, ein paar Armbänder für den Herrn bitte. Er wird uns auf der Wache noch etwas Gesellschaft leisten."

Zu den noch immer etwas eingeschüchterten Männern auf der Bank meinte er nur mit einem belehrenden Fingerzeig:

„Und wir sehen uns morgen. Gleiche Zeit, gleicher Ort, klar?"

Und dann fügte er freundlich grinsend noch hinzu: „Und kommt mir ja nicht damit, dass ihr keine Zeit hättet."

Sodann nahmen der Polizeiobermeister und seine Kollegin ihren Schützling in die Mitte und machten sich auf den Weg zurück zur Polizeiwache.

Den etwas schäbig gekleideten Mann, der sie von

der gegenüberliegenden St. Georgskirche mit zusammengekniffenen Augen dabei beobachtete, nahmen die beiden Beamten in diesem Augenblick kaum wahr.

2. Kapitel

Nördlingens Oberbürgermeister Martin Steger, der sich gerade zu Fuß auf dem Weg in das Rathaus befand, sah die drei Personen entgegenkommen.

„Sieht nach Ärger aus", meinte er, als er Beate Kranz und Peter Wagner die Hand reichte. „Was ist denn passiert?"

„Leider wieder einmal das leidige Thema an der Stadtbibliothek", gab Wagner zurück. „Wir konnten aber Schlimmeres verhindern."

„An der Bibliothek?"

Scheinbar verwundert stellte Steger diese Frage und blickte dabei auf seine Armbanduhr. „Die Zugänge sind doch ab halb acht geschlossen."

„Am seitlichen Zugangstor wurde scheinbar das Schloss geknackt. Einen der mutmaßlichen Täter konnten wir stellen, die anderen haben sich leider aus dem Staub gemacht", antwortete Wagners Kollegin, die den festgenommenen Jugendlichen am Arm hielt.

„Blödsinn", rief dieser sofort protestierend. „Von uns war das keiner."

Energisch versuchte er sich dabei aus dem Griff der Polizistin zu befreien, was diese jedoch zu verhindern wusste.

„Aha", meine Beate Kranz. „Dann sind deine sauberen Kameraden wohl aus Furcht vor dem bösen

Wolf abgehauen und haben dich im Stich gelassen, was?

Es wird sich schon herausstellen, inwiefern ihr in die Geschichte verstrickt seid. So wie das vorhin ausgesehen hat, geht die ganze Angelegenheit nicht mehr als Kavaliersdelikt durch."

Einige Passanten tuschelten im Vorübergehen. Kopfschütteln begleitete ihre Worte, die jedoch nicht genau zu verstehen waren. Als zwei von ihnen einige Schritte weiter stehen blieben um über irgendetwas zu diskutieren, wurden sie von den Beamten dazu ermahnt, weiterzugehen.

„Es ist langsam an der Zeit, diese Angelegenheit per Gesetz zu regeln", meinte Martin Steger. „Ich bin deshalb auch gerade unterwegs ins Büro, um ein entsprechendes Schriftstück aufzusetzen. Ich werde dieses morgen in einer außerordentlichen Sitzung dem Stadtrat vorlegen."

„Eine gute Entscheidung, wenn ich mir diese Bemerkung erlauben darf, Herr Steger", sprach Peter Wagner. „Langsam nehmen diese immer widerkehrenden Einsätze Überhand."

Er reichte dem Oberbürgermeister die Hand.

„Entschuldigen sie bitte, wir müssen weiter. Es gibt jetzt wieder jede Menge Papierkram zu erledigen. Es wäre sicher auch im Sinne der Kolleginnen und Kollegen, wenn sich hier bald eine Entscheidung zu Gunsten des Stadtfriedens finden ließe."

„Ich werde sehen was ich erreichen kann", meinte Martin Steger. „Auch ich bin es langsam leid, immer wieder Ermahnungen an die Leute auszusprechen, sich von den öffentlichen Gebäuden fernzuhalten."

Die beiden Beamten tippten sich kurz zum Gruß an die Mützen und machten sich auf den Weg.

Steger grüßte zurück und begab sich in Richtung Kriegerbrunnen, um sich anschließend in der dahinter liegenden Gasse den Schaden am Zugangstor zur Stadtbibliothek zu betrachten.

Dort angekommen zeugten lediglich die Scherben einer zerbrochenen Flasche von der geschilderten Auseinandersetzung. Etwas erleichtert stellte Martin Steger fest, dass von den drei erwähnten Personen keine mehr zu sehen war.

Einerseits war dies dem OB ganz recht, denn auf eine der in letzter Zeit häufiger vorkommenden verbalen Auseinandersetzungen mit diesen Leuten hatte er nicht unbedingt Lust.

Etwas seufzend betrachtete er sich das beschädigte Schloss und nahm sich vor, die Reparatur gleich am nächsten Morgen in Auftrag geben zu lassen.

3. Kapitel

Die Stimmung am darauf folgenden Abend im Sitzungssaal des Nördlinger Rathauses war alles andere als fröhlich. Alle vierundzwanzig Mitglieder des Stadtrats waren anwesend. Martin Steger hatte alle Mitglieder darum gebeten, diesen für ihn unumgänglichen Termin wahrzunehmen.

Nachdem er die Sitzung offiziell eröffnet hatte las er sein Entwurfsschreiben vor, in welchem er auch den Antrag stellte, für diese angespannte Situation einen entsprechenden Ausschuss zu gründen. Als er seine Rede beendet hatte, blickte er in die Runde der Anwesenden.

Unschlüssigkeit aber auch Zweifel konnte er in manchen Gesichtern erkennen. Aber es gab auch zustimmende Blicke.

„Wie stellen sie sich denn die Umsetzung vor, Herr Steger?", kam schließlich die erste Frage aus der Runde.

„Es würde zumindest eine Aufstockung des Etats für die Polizeiinspektion bedeuten", äußerte sich eine der anwesenden Frauen.

Fragende Gesichter richteten sich auf den Oberbürgermeister.

„Es sollte meiner Ansicht nach auf Grund der zunehmenden Beschwerden aus der Bevölkerung kein großes Problem darstellen, zusätzliche Beamte in

Nördlingen zu stationieren. Zumindest für einen gewissen Zeitraum, bis man die Situation wieder im Griff hat", meinte Martin Steger. „Aber auch über eine Zivilstreife könnte man eventuell einmal nachdenken."

„Zivilstreife? Das ist doch lächerlich", kam umgehend eine kontroverse Meinung. „Wir sollten hier nicht über Methoden diskutieren, die unsere Arbeit für die Stadt, ihre Bürger und ihre Besucher in ein negatives Licht rücken."

Ein weiterer der Anwesenden meldete sich zu Wort.

„Ich würde mich der Ansicht von Herrn Steger anschließen. Nur über das *Wie* müssten wir noch einmal diskutieren.

Ich muss der Kollegin insofern Recht geben, Herr Oberbürgermeister, als dass wir hier nicht mit Methoden wie beispielsweise den sogenannten Schwarzen Scheriffs anfangen sollten. Das wäre meiner Meinung nach irgendwann nicht mehr kontrollierbar und wir bekämen möglicherweise Zustände wie im alten Rom, bei denen die Macht des Stärkeren wohl sehr schnell äußerst unangenehm für uns werden könnte."

„Gut", meinte Martin Steger. „Andere Vorschläge?"

„Wir sollten uns darauf einigen", kam ein Vorschlag, „dass wir einen Ausschuss aus allen vier Parteien bilden, der sich gezielt dieser Angelegenheit annimmt."

„Die meines Erachtens nach, wobei ich mit meiner

Meinung ja keinesfalls alleine dastehe, allerdings keinen allzu langen Aufschub mehr duldet", meinte der OB.

Einige der Anwesenden nickten zustimmend.

„Also lassen sie uns zur Tat schreiten: Ich beantrage hiermit, dass sich die Parteien bis zur nächsten Sitzung auf jeweils eine oder einen aus ihren Reihen einigen. Diese Kolleginnen und Kollegen werden dann sobald als möglich einen entsprechenden Vorschlag zur weiteren Vorgehensweise ausarbeiten. Ich bitte um Handzeichen für ihr Einverständnis."

Bis auf zwei Ausnahmen, die bei solchen Entscheidungen ja fast immer an der Tagesordnung sind, traf der Antrag des Oberbürgermeisters auf Zustimmung.

Somit wurde diese außerordentliche Sitzung zwar nicht ganz in seinem Sinne, jedoch für ihn zufriedenstellend beendet.

4. Kapitel

Die Dunkelheit brach langsam über Nördlingen herein, als Martin Steger als Letzter das Rathaus verließ und die Türe hinter sich absperrte.

Als er sich umdrehte und die Stufen hinunter schritt, sah er am gegenüberliegenden Parkplatz Karl Kübler, einen der Stadtratsmitglieder, an seinem Geländewagen stehen.

Kübler hatte die Heckklappe seines Wagens geöffnet und hielt ein Gewehr in den Händen. Das Stadtoberhaupt ging mit schnellen Schritten auf Karl Kübler zu.

„Auch wenn sie Mitglied des Bayerischen Jagdverbandes sind, oder gerade deshalb müssten sie wissen, dass sie ihre Waffen nicht in der Öffentlichkeit präsentieren sollten."

Kübler blickte den OB grinsend an, legte das Gewehr fast schon andächtig auf die Tasche, aus der es kurz zuvor entnommen hatte. Leicht strich er dabei über den verzierten Holzschaft, auf dem seine Initialen *K. K.* eingraviert waren.

„Ein edles Stück", meinte Martin Steger anerkennend.

„Oh ja", gab Kübler zur Antwort. „Kann man wohl sagen. Eine Steyr Luxus. Hat mich zwar eine ganze Stange Geld gekostet, ist aber jeden Pfennig wert."

„Jeden Cent, meinen sie wohl", verbesserte der OB seinen Stadtratskollegen. „Sie scheinen in Gelddingen noch genauso in der Vergangenheit zu leben wie in manchen ihrer Ansichten."

Steger grinste etwas säuerlich bei seinen Worten. Wusste er doch, dass Karl Kübler gewisse Traditionen über den Fortschritt stellte.

Zum Thema Europäisierung und Globalisierung hatte er ganz eigene Vorstellungen. Nicht immer zeigte er sich mit bestimmten, auf politischer Ebene getroffenen Entscheidungen einverstanden, obwohl er sie letztendlich mittrug, nur um seine eigene Position nicht zu gefährden.

„Tja, werter Herr Oberbürgermeister. So ist das nun mal mit den Ansichten. Auch wenn sie in der Öffentlichkeit nicht immer willkommen sind, so können sie in privater Hinsicht doch ganz anders sein."

„Wie darf ich das verstehen?", fragte Martin Steger irritiert.

Er wusste, dass Kübler und er nicht immer auf der gleichen politischen Linie angesiedelt waren. Trotz seines Hangs zum Waffennarr, den er eher seiner Jagdleidenschaft zuordnete, schätzte er Karl Kübler nicht als einen extremen Verfechter des Rechts ein. In diesem Fall hätte er schon längst etwas dagegen unternommen.

„Ganz so wie ich es gesagt habe", bestätigte Kübler einmal mehr Martin Stegers Meinung über ihn, während er sein Jagdgewehr sorgfältig in dessen Tasche verstaute und diese anschließend unter eine Decke schob.

„Nicht alles was ich als Stadtrat politisch vertreten und auch mit tragen muss, würde ich auch in privater Hinsicht so entscheiden."

„Sie sprechen wie so oft in Rätseln, Herr Kübler", meinte Martin Steger. „Spielen sie auf die Sitzung von vorhin an?"

Kübler sah kurz auf seine Armbanduhr.

„Ich will zwar noch auf den Ansitz, aber gut. Der Abend ist noch jung. Ich will versuchen, es ihnen zu erklären."

Die beiden Männer vernahmen just in diesem Augenblick eindeutiges Geschrei aus der Richtung der Stadtbibliothek. Den Wortfetzen nach zu urteilen stritten sich einige Personen gerade darum, wer den nächsten Schluck aus einer Flasche nehmen durfte.

Auf Martin Stegers Stirn bildeten sich sogleich einige Zornesfalten. Er begab sich in Richtung des eisernen Tores, durch das man auch vom Rathaus her zur Stadtbibliothek gelang, als ihn Kübler nach wenigen Schritten einholte und am Arm zurückhielt.

„Lassen sie es bleiben, Steger", meinte er. „Hat doch keinen Zweck wenn sie die Bande jetzt verjagen. Die lachen sie doch nur aus und sind in einer halben Stunde wieder da."

„Da haben sie allerdings Recht", ergab sich der Oberbürgermeister in dieser Situation, ohne aber seinen Weg zum Tor zu unterbrechen. „Ich weiß nicht, wie oft ich in letzter Zeit schon vergeblich versucht habe, hier für Ruhe zu sorgen."

Er sah Kübler, der seinen Arm inzwischen wieder losgelassen hatte, fast schon resignierend an.

„Das ist genau das, was ich meine", sprach dieser langsam und mit einer ausladenden Geste seiner Hände, als er sich neben den Oberbürgermeister gegen das Tor lehnte.

„Unser Problem sind nicht nur ein paar mehr oder weniger harmlose Streuner, Stadtstreicher oder Penner, egal wie man sie nennen mag."

Er deutete mit der Hand auf das Gelände der Stadtbibliothek.

„Was mir persönlich Sorgen bereitet, sind die zunehmend Jugendlichen, die scheinbar nichts mit ihrer vielen freien Zeit anzufangen wissen.

Aber in meinen Augen entsteht diese Situation durch beide Gruppen. Wenn man als junger Kerl oder als junges Mädchen sieht, dass man in unserem Land auch ohne regelmäßige Arbeit sorglos in den Tag hineinleben kann, so wundert es mich nicht, dass sie diesen Weg irgendwann auch für sich selbst vorziehen."

Martin Steger wollte schon sein Handy aus der Tasche holen um die Polizei zu verständigen, als er und Kübler in diesem Moment eine Gruppe Jungendlicher in Richtung Tor auf sich zukommen sahen.

Sie konnten auf Grund der Lichtverhältnisse lediglich vier männliche und drei weibliche Personen erkennen, die mit teilweise nieten- und kettenbesetzten Hosen bekleidet waren.

Erst als sich die Gruppe auf der anderen Seite des

Tores den beiden Männern gegenüber befand, konnte man die grinsenden Gesichter ausmachen.

Eng umschlungen standen die jungen Leute da, nehmen abwechselnd einen Schluck aus den mitgebrachten Bierflaschen und begannen wild miteinander herum zu knutschen.

Martin Steger und Karl Kübler konnten eindeutige sexuelle Berührungen der Jugendlichen erkennen. Einer von ihnen ließ plötzlich von seiner Gefährtin ab. Diese wandte sich an die beiden Männer, die ihnen durch das Tor getrennt, gegenüber standen. Ihre Stimmlage ließ den Alkoholkonsum eindeutig erkennen.

„Na, ihr beiden Hübschen? Noch nicht bei Muttern daheim? Oder seid ihr etwa auf Spanner-Tour?"

Sie drehte kurz den Kopf zur Seite und sah den Rest der Gruppe an.

„Soll ich den beiden mal etwas zeigen, was sie bestimmt schon lange nicht mehr gesehen haben?", fragte sie in die Runde. Zustimmende Worte folgten als Antwort auf ihre Frage.

Die junge Frau, Martin Steger schätzte sie auf knapp zwanzig Jahre, tänzelte unsicher von einem Bein auf das andere und begann sogleich, langsam ihr Oberteil aufzuknöpfen. Ihr dabei dümmliches Grinsen ließ bei Steger und Kübler eine leise Wut aufsteigen.

Als der OB erkannte, dass die betrunkene Frau auch noch damit begann, ihren BH zu öffnen, wandte er seinen Blick ab, griff in die Tasche und zog sein Mobiltelefon hervor.

„Willst du jetzt Verstärkung rufen?", feixte einer der jungen Männer. „Oder sagst du bei Mutti Bescheid, dass sie sich schon mal auf den Rest des Abends freuen darf?"

Lautes Gejohle aus der Gruppe folgte.

Karl Kübler erkannte, dass sich Martin Steger wohl dazu entschlossen hat, die Polizei zu verständigen. Deshalb packte er ihn erneut an seinem Arm, um ihn in Richtung seines Wagens zu dirigieren.

„Lassen sie das, Steger. Das bringt doch nichts. Wenn die merken, dass sie die Beamten rufen, sind sie in ein paar Minuten weg."

Martin Steger sah Karl Kübler einige Augenblicke lang ins Gesicht und steckte anschließend sein Handy mit einem Seufzer wieder zurück in die Tasche.

„Schluss für heute!"

Als Nördlingens OB diese sehr laut gesprochenen drei Worte hinter sich vernahm, herrschte mit einem Mal gespenstische Ruhe auf dem Platz rund um das Rathaus.

Drei Worte mit einer Bestimmtheit in ihrer Betonung, die in ihrer Eindeutigkeit nichts vermissen ließen.

Martin Steger drehte sich um und erblickte einen Schatten hinter der Gruppe der vor wenigen Augenblicken noch selbstsicher auftretenden Jugendlichen.

Sie schienen angesichts des plötzlichen Auftauchens dieser seltsamen Gestalt etwas irritiert.

24

Der Wortführer der vier Männer, der seinen Kameraden eben noch seine Großspurigkeit unter Beweis gestellt hatte, betrachtete sich den Mann, der ihnen nun etwas entgegen kam und dadurch auch besser zu erkennen war.

Seine Haare sahen aus, als würde er sich diese selbst schneiden. Das kantige Gesicht, das wohl seit mehreren Tagen keinen Rasierer mehr gesehen hatte, gab in diesem Moment keinerlei Rückschlüsse auf die Absichten des Mannes.

Er stand einfach nur da, den Kopf leicht zur Seite geneigt, seine Hände in den Taschen seines schon etwas zerschlissenen Trenchcoats vergraben. Alles in Allem keine imposante Erscheinung, die den Jugendlichen im Normalfall Furcht einflößen könnte.

Jedoch schien es sich hier nicht um eine normale Situation zu handeln. Sein plötzliches Erscheinen und die Bestimmtheit seiner drei Worte in Verbindung mit seiner Körperhaltung vermittelten den jungen Leuten etwas Endgültiges.

Dennoch wollte sich der Rede führende aus der Gruppe, der nun ebenfalls etwas nach Vorne getreten war, nicht so leicht geschlagen geben. Mit verschränkten Armen, die Bierflasche noch in der einen Hand, baute er sich vor dem Mann auf.

„Was willst du denn, Penner?", stellte er ihm seine Frage. „Sieh dich doch mal um."

Er breitete seine Arme aus und deutete dabei nach hinten in Richtung seiner Freunde.

„Glaubst du wirklich, dass wir hier so einfach davon laufen, nur weil so ein abgehalfterter Typ wie du daher kommt und meint, er müsse den Aufpasser spielen?"

Mit einem selbstsicheren Grinsen wandte er sich mit nun ausgebreiteten Armen an den vor ihm Stehenden.

„Du hast nun genau drei Möglichkeiten: Entweder du trinkst mit uns und wir machen hier 'ne kleine Party, oder aber du verziehst dich schnellsten wieder unter deine Brücke."

Die erstaunlich ruhige Antwort des Mannes, dessen Alter auf Grund seines Aussehens schlecht einzuschätzen war, ließ nur wenige Sekunden auf sich warten.

„Rechnen scheint wohl nicht gerade deine starke Seite zu sein, oder? Das waren eben nur zwei Möglichkeiten, die du aufgezählt hast."

„Nicht ganz richtig", entgegnete der junge Mann. „Die dritte Möglichkeit wäre wohl die für dich unangenehmere."

Kaum waren seine Worte ausgesprochen, trat er rasch drei, vier Schritte nach Vorn und holte dabei mit der Bierflasche aus.

Martin Steger und Karl Kübler betrachteten die Szene von der anderen Seite des Zauns. Stegers Körperhaltung schien angespannt zu sein. Kübler dagegen betrachtete sich das Ganze äußerst gelassen.

Genau in dem Augenblick, als der angetrunkene Jugendliche seinen Arm mit der Flasche gegen den Kopf seines Kontrahenten sausen ließ, schnellte dessen Arm nach oben und wehrte mit der Handkante den Schlag des Angreifers ab.

Die Bierflasche flog in hohem Bogen davon und schlug einige Meter weiter klirrend zu Boden.

Der Junge wusste auf Grund dieser Reaktion noch gar nicht richtig wie ihm geschah. Verdutzt starrte er zunächst auf seine leere Hand, um anschließend seinen Blick auf das verwitterte Gesicht des Mannes vor ihm zu richten.

Genau in diesem Moment, als er versuchte etwas in den Augen des Mannes zu erkennen, traf ihn dessen andere Hand flach aber schmerzhaft auf die Wange.

Schlagartig ernüchterte der junge Mann und registrierte dabei, dass man ihm soeben wie einem kleinen Kind eine Ohrfeige verpasst hatte.

Martin Steger hatte instinktiv wieder sein Handy aus der Tasche geholt, da er nun eine handfeste Auseinandersetzung erwartete. Jedoch genau das Gegenteil trat ein.

Anstatt sich wütend auf den Mann vor ihm zu stürzen, drehte sich der junge Kerl um und ging zu den Anderen zurück.

Allerdings schien er keineswegs aufgeben zu wollen.

„Dein Messer", verlangte er mit zitternder Stimme und ausgestreckter Hand von einem seiner Kameraden. „Jetzt machen wir ihn fertig."

Doch er musste eine unerwartete Antwort hinnehmen.

„Lass es sein, Tom. Ich werde mich nicht mit dem

Wächter anlegen."

Einige Sekunden herrschte Stille, bevor der Angesprochene antwortete.

„Was soll das? Kneifst du jetzt wo es brenzlig wird? Und wieso Wächter? Woher kennst du diesen Typ?"

Mit seiner Hand deutete Tom auf den hinter sich stehenden Mann, der ihn gerade vor seinen Kameraden, die allesamt tatenlos zusahen, gedemütigt hatte.

„Lass gut sein", meinte der andere nochmals. „Ich kenne ihn aus der Schrebergartenanlage beim Sägewerk. Mit dem ist nicht zu spaßen."

Tom blickte fragend in die anderen Gesichter, erkannte aber nur zustimmendes Nicken zu dem eben Gehörten. Er erkannte, dass momentan wohl keine Chance bestand, die erlittene Schmach wieder gut zu machen.

Urplötzlich verließ ihn seine angespannte Haltung. Er drehte sich um, ging auf den von seinen Freunden als Wächter bezeichneten Mann zu und baute sich vor ihm auf.

„Gut", meinte er mit zischendem Unterton in seiner Stimme. „Wir gehen. Aber bilde dir nur nicht ein, dass wir beide schon miteinander fertig sind. Die Ohrfeige wird noch ein Nachspiel haben."

Mit diesen Worten ließ er den Mann stehen, winkte den anderen ihm zu folgen und ging Richtung Ausgang zur Stadtmitte.

Der Wächter ersparte sich eine Antwort. Er trat lediglich einige Schritte zur Seite, um die Gruppe passieren zu lassen.

„Können sie mir das erklären, Kübler?", fragte Martin Steger, als er dem Mann zu seinem Auto folgte.

An dessen Fahrzeug angekommen verschloss Kübler die noch immer offen stehende Kofferraumtüre, drehte sich zu seinem Gesprächspartner um und steckte seine Hände in die Hosentaschen.

„Wissen sie Steger", meinte er mit seltsam ruhiger und wohlgefälliger Stimme, „ihre Idee mit der Zivilstreife vorhin bei der Sitzung fand ich gar nicht mal so schlecht. Dass sich einige der Querdenker in unserem Haufen dagegen entscheiden würden, das war mir jedoch von vorn herein klar."

„Und was soll ich nun mit dieser Aussage anfangen?", meinte der Oberbürgermeister.

„Stellen sie sich doch nicht naiver als sie sind, Steger. Mit ihren Gedanken das, sagen wir mal Problem zu lösen", deutete Kübler in Richtung Bibliothek, „sind sie meiner Meinung nach durchaus auf dem richtigen Weg.

Dass es immer einige Sturköpfe gibt die meinen, man müsse jede unangenehme Situation mit Streicheleinheiten aus der Welt schaffen, ist uns beiden wohl klar.

Nein, nein. Ihr Ansatz ist schon der Richtige. Nur die Dosierung passt nicht ganz."

Langsam wurde Martin Steger ungeduldig.

„Reden sie Klartext Kübler, oder verschonen sie mich mit ihrem Gefasel. Heben sie sich ihre Ideen für die nächste Versammlung auf, oder sagen sie mir endlich was sie mit ihren Andeutungen meinen."

Martin Steger schloss die Knöpfe seines Jacketts. Es fröstelte ihn etwas, denn für diese Jahreszeit war es doch ziemlich kühl.

Als die beiden Männer einen kurzen Moment darauf den Ruf des Türmers hoch oben vom Daniel, dem Turm der St. Georgskirche vernahmen, sah Kübler wieder auf seine Uhr.

„Langsam rentiert sich der Ansitz nicht mehr. Ich denke, wir beide sollten uns lieber noch kurz auf ein Bierchen zusammen setzen. Dabei erkläre ich ihnen, was es mit meinen Andeutungen auf sich hat", sprach er zu Martin Steger.

Dieser überlegte kurz, ließ sich jedoch dazu überreden, Karl Küblers Vorschlag anzunehmen.

5. Kapitel

Steffen Kleinschmidt, der von seinen Freunden nur Steff genannt wird, schlenderte am späten Nachmittag in Richtung Nördlinger Fußgängerzone.

Als er die ersten Geschäfte erreicht hatte, kramt er in den Brusttaschen seiner Jeansjacke. Mehr als eine leere Zigarettenpackung konnte er jedoch nicht daraus hervor holen. Ärgerlich warf er diese achtlos zu Boden.

Mist dachte er bei sich. *Keine Kippen mehr und die Kohle ist auch schon wieder alle.*

Musik drang an seine Ohren, diese kam aus einigen Metern Entfernung vor ihm. Als er kurz darauf die Stelle erreicht hatte verstummte die Musik.

Steffen konnte erkennen, dass der Straßenmusikant, der eindeutig ausländischer Herkunft war, soeben seine Gitarre bei Seite legte und sich von einem kleinen Hocker daneben eine Zigarettenschachtel griff.

Nachdem er diese geöffnet und sich ein Stäbchen daraus zwischen seine Lippen gesteckt und angezündet hatte, beugte er sich nach unten, um die am Boden liegende Mütze aufzuheben.

Mehrere Passanten hatten scheinbar zufrieden oder auch mitleidig seinem Spiel gelauscht, denn es befand sich doch eine ganze Anzahl an kleineren, aber auch größere Münzen darin.

Als der Mann gerade bis auf wenige Ausnahmen die Geldstücke in seine Hosentasche gesteckt hatte, baute sich Steffen vor ihm auf.

„Scheint ja doch ganz einträglich zu sein, was du den Leuten hier um die Ohren haust", meinte er.

Etwas überrascht von diesem verbalen Angriff sah der Straßenmusiker auf den jungen Mann vor sich.

Wer ihn in diesem Augenblick genauer beobachtete konnte in seinem Blick erkennen, dass er sich nicht sicher darüber war, ob er nun freundlich etwas entgegnen oder sich eher vorsichtig abwenden sollte.

Der Mann entschied sich angesichts der lässigen Haltung seines Gegenübers für die zweite Möglichkeit, denn so manche Erfahrung hatte ihn schon eines Besseren belehrt.

Als Steffen Kleinschmidt sich unbeachtet fühlte, setzte er sogleich noch etwas hinterher.

„Etwas freundlicher könntest du schon zu deinem Publikum sein, Mann."

Dieser drehte sich nun wieder um und sah Steffen fragend an.

„Was willst du von mir. Ich unterhalte lediglich die Leute hier und habe niemanden belästigt."

Steffen grinste abwertend.

„Darüber könnte man bei der Auswahl deiner Musik aber streiten. Mein Geschmack war das jedenfalls nicht."

„Wenn es dir nicht gefällt, musst du auch nicht stehen bleiben und zuhören. Und du musst dich auch nicht verpflichtet fühlen, mir Geld zu geben."

„Das würde gerade noch fehlen", lachte Steffen gekünstelt.

„Nein", fügte er sogleich hinzu. „Ich bin sogar der Meinung, dass du mir noch etwas geben müsstest, damit ich deinem Gejammer zugehört habe."

Nun wurde es dem Musiker doch ein wenig mulmig zumute. Er betrachtete sich die Statur des jungen Mannes vor ihm und fasste den Entschluss, keine Provokation herauf zu beschwören.

Natürlich war er schon das eine oder andere Mal in einer ähnlichen Situation, dass man ihn auf Grund seiner Musikstücke schräg von der Seite angemacht hatte. Allerdings endeten diese Dialoge meist harmlos.

Diesmal jedoch fühlte er, dass es wohl besser wäre, sich nicht auf weitere Diskussionen einzulassen. So versuchte er, sich möglichst unbeteiligt zu geben.

„Was ist denn nun?", fragte Steffen ungeduldig, da schon der eine oder andere von vorübergehenden Passanten stehen geblieben war, um die Szene zu beobachten.

Da der Musiker nun befürchtete, dass es doch zu Handgreiflichkeiten kommen könnte, griff er seufzend in seine Hosentasche. Er wollte keinen Streit herauf beschwören, der ihn wohl letztendlich hier seinen Platz kosten könnte.

Man war hier in Nördlingen in der letzten Zeit nicht gerade angetan von den Menschen seiner Zunft. Als er Steffen schließlich einige Münzen reichte, betrachtete dieser das Kleingeld in seiner Hand.

„Da solltest du noch was drauflegen", meinte er

großspurig. „Das reicht nicht mal für eine Schachtel Kippen."

Der Mann vernahm den verächtlichen aber doch eindeutigen Unterton in Steffens Stimme.

„Dann nimm diese noch dazu", antwortete er und gab ihm die halbvolle Schachtel Zigaretten, die er von seinem Hocker nahm.

„Na also, geht doch", grinste Steffen zufrieden, drehte sich um und stiefelte durch die umher stehenden Menschen hindurch, als ihn mit einem Mal ein durchdringender Blick aus zwei Augen traf.

Wie angewurzelt blieb Steffen Kleinschmidt für einige Sekunden stehen. Er hatte Mühe, diesem Blick stand zu halten.

„Glotz nicht so blöd du Penner", fuhr er den grauhaarigen, hageren Mann in seinem zerschlissenen Mantel an. „Wärst du früher gekommen hättest du auch was gekriegt."

Mit diesen Worten ließ er ihn und die teils mit dem Kopf schüttelnden anderen Leute stehen und machte sich auf den Weg in den nahe gelegenen Einkaufsmarkt, um sich etwas zu trinken zu kaufen.

Wenig später saß Steffen Kleinschmidt mit einem Sixpack neben sich auf einer der Bänke am Kriegerbrunnen.

Er nahm einen tiefen Zug von einer Zigarette und fischte sich gerade die zweite Flasche aus der Verpackung, als sich aus der Seitenstraße der St. Georgskirche zwei Jugendliche näherten.

„Ey, wenn das mal nicht der Steff ist", rief einer

von ihnen scheinbar überrascht.

Mit einigen langen Schritten hatten sie den Kriegerbrunnen erreicht und klopften ihrem Kumpan auf die Schulter.

„Bier und Kippen?", kam die Frage aus dem Mund des Zweiten. „Ist bei dir der Wohlstand ausgebrochen?"

Steffen Kleinschmidt setzte die Flasche an seinen Mund, nahm einen langen Schluck daraus und ließ einen lauten Rülpser folgen, während er das Bier an seine beiden Freunde weiterreichte.

Anschließend zog er die Zigarettenschachtel aus seiner Jeansjacke und hielt sie den Beiden entgegen, bevor er antwortete.

„Hat mir ein freundlicher Straßenmusiker geschenkt", meinte er zweideutig grinsend. „Und weil ich ihn so lieb darum gebeten hatte, spendierte er mir auch gleich noch die Kohle für 'nen Sixpack."

Er deutete auf die vier noch vollen Flaschen in der Packung.

„Bedient euch, solange noch was da ist."

Bereitwillig griffen sich seine beiden Freunde je eine der Bierflaschen, nachdem sie sich neben Steffen auf die Bank gesetzt hatten und öffneten mit einem Feuerzeug die Verschlüsse.

„Aber die nächste Runde geht auf einen von euch", meint Steff. „Besser ihr holt den Nachschub sofort, der Laden macht bald dicht."

Seine beiden Freunde kramten in ihren Hosentaschen und förderten etwas Kleingeld zu Tage. Dann erhob sich einer und marschierte um den Brunnen herum in Richtung des Geschäftes, in welchem schon Steffen kurz zuvor das Bier geholt hatte.

Die Fußgängerzone leerte sich langsam, die Geschäfte schlossen nach und nach ihre Türen und langsam brach die Dämmerung über die Nördlinger Altstadt herein.

Schweigend saßen Steffen Kleinschmidt und sein Kumpel nebeneinander, bis schließlich auch der Dritte wieder aus dem Laden zurück war.

Er stellte eine Plastiktasche auf der Bank ab und zog zwei Packungen mit je sechs Flaschen Bier daraus hervor.

„Na endlich Mann. Wo bleibst du denn so lange?"

Mit einem fragenden Blick auf das Mitgebrachte meinte er anschließend:

„Sind die Dinger im Sonderangebot? So viel Kohle hatten wir doch gar nicht."

„Das nicht", meinte der Andere lachend. „Aber ich hatte ja keine Eile beim Einkaufen. Und nachdem ich schließlich der Letzte im Laden war, konnte ich die Alte an der Kasse davon überzeugen, dass sie mir einen kleinen Bonus gibt."

Fragende Blicke richteten sich aus vier Augen auf ihn.

„Glotzt nicht so blöd", grinste er. „Die Tante hat mir das Bier freiwillig gegeben. Ich bin doch kein Krimineller."

Er sah dabei seinen Kumpel Steffen an.

„Ganz im Gegensatz zu dir", flachste er. „Haben

dich die Bullen vorgestern Abend auseinander genommen? Ich hoffe nur für dich, dass du keinen von uns verraten hast."

„Mach dir mal nicht in die Hosen", antwortete Steffen Kleinschmidt genervt. „Meine Alten haben zwar mächtig getobt, aber es war auszuhalten. Das war mir der Spaß wert."

„Ja", meinte einer seiner beiden Kumpane. „Die drei Penner hatten ganz schön Zähneklappern als wir ihnen die Pullen abgenommen haben."

„Wo ist eigentlich Paul?", fragte Steffen.

„Keine Ahnung", kam die lachende Antwort. „Hat sich weder gestern noch heute gemeldet. Unserem Sensibelchen war das Ganze wohl etwas zu viel."

„Egal", meinte der Dritte. „Das Bier kriegen wir schon alle. Bleibt mehr für uns, wenn einer weniger da ist."

Nach und nach leerten die drei jungen Männer die Bierflaschen und diskutierten aufgeregt über die Geschehnisse des besagten Abends.

Die Fußgängerzone hatte sich inzwischen fast vollkommen geleert, es wurde dunkel in der Nördlinger Altstadt. Auch in dem kleinen Fast-Food-Laden am Kriegerbrunnen waren an diesem Abend kaum mehr Gäste zu sehen.

Zweimal schlug die Glocke vom Daniel, als Steffen Kleinschmidt die letzten drei Flaschen verteilte.

„Schon halb zehn. Los, haut das Zeug weg, ich bin müde."

„Nee, danke", meinte einer seiner beiden Freunde.

„Hab seit heut Mittag noch nichts Essbares im Bauch gehabt. Nicht dass mir das Bier wieder hoch kommt. Wär doch schade drum.“

Er blickte sich um und entdeckte auf der gegenüberliegenden Straßenseite eine Gestalt auf der Bank vor der St. Georgskirche.

„Vielleicht tust du mal 'n gutes Werk Steff und schenkst dem Alten da drüben 'ne Flasche.“

Steffen Kleinschmidt erhob sich etwas schwerfällig von seinem Platz und betrachtete sich den Mann.

„Von wegen“, sagte er. „Der Typ hat mich heute schon mal so blöd angesehen, als ich dem Heini mit seiner Gitarre seine Almosen abgenommen habe.“

Mit großspurigen Gesten erzählte Kleinschmidt seinen Freunden, wie er am frühen Abend dem Straßenmusiker das Kleingeld abgenommen und als Dreingabe auch noch dessen Zigaretten bekommen hatte.

„Ich glaub, dass dem Jungen ganz schön die Düse gegangen ist“, lachte er. „Und dem da drüben wird es gleich genauso gehen.“

Er stakste die wenigen Schritte um den Brunnen herum, überquerte die Straße und stellte sich breitbeinig vor dem Mann auf.

„Sieh zu dass du Land gewinnst, Penner. Da hast du noch einen Schluck, damit dir das Abhauen leichter fällt.“

Mit diesen Worten holte er aus und warf seine angetrunkene Bierflasche in Richtung des vor ihm Stehenden, der jedoch keinen Zentimeter von der Stelle wich, als das Glas mit einem lauten Klirren direkt vor seinen Füßen zerplatzte.

„Fast hättest du mich getroffen", drang die raue aber keineswegs erschrockene Stimme des Mannes an Steffens Ohr. „Ist wohl besser wenn ich jetzt gehe."

„Würde ich auch sagen", gab Steffen, der inzwischen auf den Mann zugegangen war, zurück.

„Verzieh dich endlich", zischte er. „Und räum den Dreck hier von der Straße."

Anhand der Dunkelheit konnte Steffen Kleinschmidt den Ausdruck in den Augen des Mannes nicht erkennen, als dieser wie zustimmend seine Hand hob und sich anschließend bückte, um die großen Scherbenstücke der Flasche aufzuheben.

„Das werde ich tun", murmelte er zweideutig. „Worauf du dich verlassen kannst."

Er warf die Überreste der Bierflasche in einen nahegelegenen Abfalleimer und erkannte dabei, wie sich die beiden Freunde von Steffen näherten.

Dieser drehte seinen Kopf zur Seite und sah auf eine Wanduhr, die an einem der Geschäfte auf der anderen Straßenseite angebracht war.

Großspurig umarmte er den Mann, den er soeben provoziert hatte und sagte lachend zu seinen beiden Kumpanen:

„Okay Leute. In ein paar Minuten lassen wir uns noch schnell vom Turmheini begrüßen und dann ab in die Heia."

Er ließ den Grauhaarigen los und sah ihn grinsend an.

„Wenn du schön brav bist, darfst du auch zuhören."

Doch der Mann drehte sich nur erstaunlich schnell zur Seite weg und war, ehe sich die drei jungen Männer versahen, aus ihren Augen verschwunden.

Wenige Minuten später öffnete sich ein Fenster oben auf dem Daniel und der Türmer rief zum ersten Mal an diesem Abend das „So G'sell, so" über die dunkle Altstadt.

Steffen Kleinschmidt sah seine Freunde an, breitete die Arme auseinander und sprach mit einem zufriedenen Grinsen:

„Na, das war doch ein versöhnliches Ende des heutigen Abends, oder?"

Die Blicke der drei jungen Männer richteten sich hinauf zur Turmspitze, die allerdings durch das Stahlgerüst an der Kirche aus ihrer Position nicht zu erkennen war.

Sekundenbruchteile später zuckte ein kurzer Lichtblitz auf und ein Knall zerriss die Stille der Nacht.

„Was war denn das?", rief einer und drehte sich dabei zu Steffen Kleinschmidt um. Doch dieser war nicht mehr in der Lage zu reagieren.

Mit einem Ausdruck des Unglaubens in seinen weit aufgerissenen Augen sackte er zu Boden und seine beiden Freunde sahen den Blutfleck auf seiner Brust, der sich sekundenschnell ausbreitete.

Durch den Schrecken zur Bewegungslosigkeit verdammt starrten die beiden jungen Männer auf den regungslos am Boden liegenden Körper ihres Freundes, als sich bereits von mehreren Seiten die ersten aufgeregten Stimmen näherten.

Durch das entstandene Chaos achtete in diesem Moment niemand auf die Person, die mit eiligen Schritten das Baugerüst der St. Georgskirche verließ und ungesehen in der Dunkelheit verschwand.

6. Kapitel

Es war kurz vor dreiundzwanzig Uhr, als Nördlingens Oberbürgermeister den Platz am Kriegerbrunnen erreichte. Gleich mehrere Anrufe hatten ihn aus seiner Abendruhe gerissen, die er nun wieder einmal weniger genießen konnte.

Schon als er sich der St. Georgskirche näherte, hatte er anhand der Menschenmenge das Gefühl, der Wochenmarkt wär bis in die Nachtstunden hinein verlängert worden.

Einzig und allein die Tatsache, dass die Innenstadt hier durch rotierende Blaulichter auf mehreren Einsatzfahrzeugen der Polizei, der Feuerwehr und des Sanitätsdienstes in ein bizarres Licht getaucht wurde, widersprach diesem Gedanken.

Der OB drängte sich durch die umher stehende Menge, bis er schließlich den Ort des eigentlichen Geschehens erreichte. Sogleich wandte er sich an einen der Polizeibeamten, welcher an der mit Absperrband gesicherten Stelle Position bezogen hatte.

„Was in Gottes Namen ist hier passiert?"

Der Polizist deutete mit einer Hand nur auf einige Personen hinter sich, die sich über einen auf den Pflastersteinen liegenden Körper beugten.

Martin Steger schlüpfte unter der Absperrung hindurch. Der Beamte seinerseits hatte Mühe, die inzwischen auch anwesenden Presseleute ruhig zu halten.

Immer wieder zuckten Blitzlichter über den Platz, um möglichst genaue Aufnahmen zu erreichen.

„Guten Abend Herr Steger", wurde das Stadtoberhaupt von Peter Wagner begrüßt, der sich soeben aus der Hocke erhoben hatte.

Martin Steger trat noch einige Schritte näher an die Gruppe heran, in welcher er neben einem weiteren Beamten auch den Notarzt, zwei Sanitäter und zwei Angehörige der Feuerwehr ausmachte.

Er erkannte auch, dass die Sanitäter scheinbar ihre medizinischen Geräte für die Notversorgung zusammenpackten und der Notarzt die aluminiumbeschichtete Decke vom Oberkörper über den Kopf des Toten zog.

Über den Kopf des Toten durchfuhr ein Schrecken Martin Stegers Gedanken. Wie angewurzelt stand er da und hatte eine ähnliche Szene aus einem Kriminalfilm vom vergangenen Wochenende vor seinen Augen.

Er ließ diese Bilder kurz Revue passieren und erinnerte sich sogleich an die Worte des Arztes, der dabei zu einem Polizeibeamten sprach: *Tut mir leid, aber hier kann ich nichts mehr tun.*

„Der Mann ist tot?", wiederholte der Oberbürgermeister wie in Trance die Frage des Beamten aus dem Film.

„Ja", wurde Martin Steger aus seinen Gedanken geholt. „Selbst wenn wir früher dagewesen wären als es uns möglich war, wir hätten ihm nicht mehr helfen können.

Der Schuss hat dem Jungen vermutlich die Lunge zerfetzt. Er muss Sekunden nach dem Treffer tot gewesen sein."

Wie betäubt sah Martin Steger auf den hochgewachsenen Mann, der sich nun ebenfalls aus seiner knienenden Position erhoben hatte und direkt vor ihm stand.

Der Notarzt erkannte das kreidebleiche Gesicht des Oberbürgermeisters, registrierte auch sofort die zu Fäusten geballten Hände des Mannes und fragte besorgt:

„Alles in Ordnung mit ihnen, Herr Steger?"

Dieser starrte sekundenlang nur auf den zugedeckten Körper am Boden vor sich und fühlte auf einmal, wie ihn jemand am Arm packte.

„Alles in Ordnung mit ihnen?", wiederholte der Arzt seine Frage, nachdem er bemerkt hatte, dass der Oberbürgermeister anscheinend wieder aus seinen Gedanken zurückgekehrt war.

„Danke. Ja, es geht schon wieder", gab dieser leise zur Antwort. Er sah den Mediziner mit gläsernem Blick an, schien dabei aber durch ihn hindurch zu schauen.

„Schon wieder ein Gewaltverbrechen in unserer Stadt", murmelte er sichtlich betroffen. „Und fast an der gleichen Stelle wie vor drei Jahren."

Der Mann vor ihm überlegte einen Moment lang, bevor er auf Stegers Bemerkung einging.

„Sie denken an den Türmer?"

„Ja", antwortete Martin Steger. Er deutete mit ausgestrecktem Arm hinüber auf die Stelle vor dem Turm der St. Georgskirche.

„Nur ein paar Meter von hier entfernt lag Markus Stetter."

Mit einem besorgten Unterton in seiner Stimme fügte er noch hinzu:

„Ich hoffe nur inständig, dass sich unsere Innenstadt nicht zu einem Ort mysteriöser Mordfälle entwickelt."

„Ich denke, da kann ich sie beruhigen, Herr Steger", vernahm der OB mit einem Mal eine Stimme neben sich.

Als er den Kopf drehte, erkannte er den Polizeibeamten, der ihm auch schon am Abend vor der Sondersitzung des Stadtrats begegnet war.

„Und weshalb glauben sie, mich in dieser Hinsicht beruhigen zu können?", fragte Martin Steger nun schon wieder etwas gefasster zurück.

„Nun ja", gab der Polizeiobermeister zurück. „Ich war zwar damals nicht direkt an den Ermittlungen beteiligt, weiß allerdings aus den Akten und den Erzählungen meines Kollegen Kramer, dass es sich dabei doch wohl eher um eine sehr undurchsichtige Geschichte handelte.

Die Augsburger Kripo hatte ja mehr oder weniger den Mantel des Schweigens über genauere Details in dieser Sache gelegt."

„Sicher, sicher", gab Steger zurück. „Aber das wird wohl auch seine Gründe gehabt haben. Schließlich ging es ja hier auch um den Ruf unserer Stadt."

Martin Steger überlegte einen kurzen Moment.

„Apropos Kripo", meinte er. „Wer ist denn für diese Angelegenheit zuständig?"

„Wir sind gerade dabei, die Staatsanwaltschaft und die Kollegen aus Dillingen zu benachrichtigen", antwortete der Beamte.

Martin Steger reagierte sofort.

„Nichts gegen die Kripo in Dillingen", meinte er. „Nachdem damals die Beamten aus Augsburg sehr schnell und kompetent ermittelt und die Geschichte zu einem sauberen Abschluss gebracht hatten, würde ich es persönlich bevorzugen, dass sie die dortigen Behörden ins Boot holen."

„Das ist zwar nicht der übliche Dienstweg, aber wenn sie es wünschen Herr Steger", gab Peter Wagner zur Antwort, „dann werde ich versuchen, die Augsburger Kollegen zu erreichen."

„Aber nicht irgendeinen", meinte Steger. „Ich will diesen Kommissar von damals mitsamt seinem Team. Dieser … wie hieß er doch gleich?", überlegte er.

„Markowitsch?", fragte der Beamte.

„Richtig, Markowitsch. So hieß der Mann", sagte Martin Steger.

„War mir zwar Anfangs nicht sonderlich sympathisch, hat sich allerdings im Endeffekt als sehr kompetent erwiesen."

Der OB deutete mit seinem Zeigefinger gegen den Oberkörper des Polizeibeamten.

„Also holen sie mir diesen Markowitsch mit seinen Leuten. Ich will diese Angelegenheit so schnell als möglich geregelt haben."

Dabei deutete er in Richtung des Toten.

„Das ist doch der junge Mann, den sie vorgestern Abend festgenommen hatten, oder? Ich hoffe nur, dass die ganze Sache nichts damit zu tun hat."

„Dazu kann und will ich im Moment noch überhaupt nichts sagen, Herr Steger", antwortete Peter Wagner etwas unsicher, bevor er im Beamtendeutsch weitersprach.

„Nachdem es sich hier unbestritten um ein Tötungsdelikt handelt, wird es außer an die Kollegen der Mordkommission an niemanden irgendeine Information von meiner Seite geben."

Er sah den Oberbürgermeister erstmals mit etwas zugekniffenen Augen an. Dieser machte sich wahrscheinlich Sorgen um die Ordnung und Sicherheit seiner Stadt.

Peter Wagner jedoch wollte auf alle Fälle den offiziellen Dienstweg einhalten, solange nicht feststand, was sich hier abgespielt hat. Er tippte sich mit der rechten Hand gegen seine Dienstmütze.

„Sie entschuldigen mich, Herr Steger. Ich muss telefonieren und auch die Familie des Toten benachrichtigen lassen", meinte er, wandte sich ab und begab sich zu seinem Dienstfahrzeug.

Martin Steger indes sah die Angehörigen der Feuerwehr und der Polizei, die alle Hände voll damit zu tun hatten, sowohl die Schaulustigen als auch die Angehörigen der Presse von der Absperrzone fernzuhalten.

Hoffentlich geht das alles gut dachte er sich mit einem mulmigen Gefühl im Bauch. *Nicht auszudenken, was jetzt wieder alles auf mich zukommt.*

Während er an den gestrigen Abend und das Gespräch mit Karl Kübler dachte, richtete er seinen Blick flehend hinauf zur Turmspitze des Daniel und bat im Stillen inständig darum, dass ihm das Schicksal gnädig sein möge.

7. Kapitel

Es war ein langer Tag, den Hauptkommissar Robert Markowitsch im Augsburger Polizeipräsidium hinter sich hatte, um nicht zu sagen ein langweiliger.

Der schon seit einigen Tagen liegen gebliebene Schreibkram musste erledigt werden. Der Leiter der Augsburger Mordkommission hatte sich endlich dazu durchgerungen, sich über die lästigen Aktenberge her zu machen.

Fast geistig erschlagen hatte er gegen neunzehn Uhr sein Büro verlassen, nachdem er sich am Diktiergerät für das Sekretariat mehr oder weniger Fransen an den Mund geredet hatte.

Robert Markowitsch war nämlich der Meinung, dass man sich in seinem Alter nicht mehr mit den Neuerungen der digitalen Welt herumschlagen müsste.

Obwohl ein Computer nun ja durchaus keine Neuerung in unserer Gesellschaft mehr darstellt, Markowitsch konnte, oder besser gesagt wollte sich nie mit dieser elektronischen Welt anfreunden.

Ein Stück Papier auf dem Tisch ist mir wesentlich lieber als eine Mouse in der Hand pflegte er stets augenzwinkernd im Kollegenkreis zu sagen.

Aber genau hier lag auch sein Problem. Das Papier gelangt bei seinen Ermittlungen immer mehr in den Hintergrund und musste schon seit vielen Jahren den

Bits und Bytes seinen Platz überlassen.

Es lag keinesfalls daran, dass Robert Markowitsch nicht in der Lage gewesen wäre auf einer Tastatur zu schreiben. Diese war ja im Grunde genommen auch nichts Anderes als eine Schreibmaschine in abgewandelter Form, allerdings das ständige Starren auf den Bildschirm ging ihm gewaltig auf die Nerven.

Nachdem sich der Fortschritt aber nun einmal nicht aufhalten ließ war Markowitsch sichtlich froh darüber, dass man ihm vor einigen Jahren einen jungen Kollegen an die Seite gestellt hatte.

Markowitsch lehnte sich zurück. Er hatte sich dazu entschlossen die Straßenbahn zu nehmen, da er sich zu müde fühlte, um selbst mit dem Wagen zu fahren. Gott sei Dank lag die Haltestelle direkt am Polizeipräsidium in der Gögginger Straße.

Auf dem Weg nach Hause, erinnerte sich der Hauptkommissar noch ganz genau an den Tag, als dieser Jungspund damals sein Büro zum ersten Mal betreten hatte.

*

Einen halben Kopf größer als er selbst, breitschultrig und mit dem Stiernacken eines Athleten versehen stand er vor ihm. Ein freundliches Gesicht, das allerdings in der Lage war, in entsprechenden Situationen auch Zornesfalten zu zeigen. Dies hatte man Robert Markowitsch im Vorfeld mitgeteilt.

„Peter Neumann", hatte er sich damals freundlich

vorgestellt. „Oder ganz einfach Pit, wenn ihnen das lieber ist, Herr Kommissar."

Markowitsch, inzwischen Hauptkommissar, erinnerte sich noch ganz genau an die Worte, mit denen er seinen jungen Kollegen begrüßte.

„Laut ihrer Akte sind sie Fachmann für elektronische Datenverarbeitung. Ein EDV-Spezialist sozusagen. Was treibt sie vom BKA Wiesbaden hierher in unsere beschauliche Fuggerstadt, Herr Neumann?"

„Die Aussicht auf den hoffentlich interessanten kriminalistischen Alltag, Herr Kommissar", lautete seine Antwort damals.

„Ich bin zwar sowohl beruflich als auch privat mehr oder weniger mit dem Computer verheiratet, möchte allerdings etwas weg von der Theorie, um mehr Erfahrung in der Praxis zu sammeln."

„Soso", murmelte Markowitsch. „Sie hoffen also auf einen interessanten kriminalistischen Alltag? Na, dann kommen sie mal mit. Ich werde ihnen ihr neues berufliches Domizil zeigen."

Markowitsch sah die hochgezogenen Augenbrauen und den fragenden Blick in den Augen Peter Neumanns, als dieser ihm anschließend über den Gang des Bürogebäudes in das einige Türen weiter gelegene Büro folgte.

Nachdem der Kommissar ihm die Türe geöffnet hatte und die beiden Männer eingetreten waren, deutete Robert Markowitsch auf einen Computerarbeitsplatz in der Mitte des Raumes.

„Dann darf ich ihnen hiermit ihre neue Braut vorstellen", kam ein Grinsen über sein Gesicht, als er den etwas ungläubigen Ausdruck in den Augen des Neuen erkannte.

Der Hauptkommissar konnte sich noch ganz genau an den Gesichtsausdruck seines Kollegen erinnern, als dieser vor seinem neuen Schreibtisch stand.

„Aber ich dachte …", begann er nach einigen Sekunden der Stille.

„Nicht gleich denken", unterbrach ihn Markowitsch in diesem Augenblick, indem er ihm eine Unterlagenmappe in die Hand drückte. Anschließend deutete er auf den Sessel hinter dem Schreibtisch.

„Hinsetzen, durchlesen, überlegen und letztendlich entscheiden, ob ihnen ihr neues Aufgabengebiet zusagen würde.

Wenn ja, dann erwarte ich sie in einer halben Stunde auf einen ersten Kaffee und zu einer Lagebesprechung in meinem Büro. Wenn nicht, dürfen sie natürlich auch gerne vorbeikommen um sich wieder zu verabschieden."

Mit diesen Worten ließ Robert Markowitsch damals seinen Kollegen in Spe zurück und begab sich wieder in sein eigenes Büro.

*

Zu Hause angekommen zog sich der Hauptkommissar zunächst einmal etwas bequemere Kleidung an. Anschließend bereitete er sich seinen heißgeliebten Cappuccino zu und blätterte das Fernsehprogramm durch.

Eine Dokumentation über die Machenschaften der Drogenkartelle in Südamerika übersah er bewusst, da er sich sonst wohl gleich im Dienstgeschehen wiederfinden würde.

Er entschied sich für einen Bericht über Meeresbiologie. Seiner Meinung nach genau das Richtige, um nach diesem für ihn anstrengenden Büroalltag abzuschalten.

Das penetrante Klingeln seines Handys holte ihn ziemlich unsanft aus seinem Schlaf.

Aus der Ruhe gerissen richtete er sich etwas desorientiert in seinem Sessel auf. Ein leiser Fluch entwich seinen Lippen, als dabei die Kaffeetasse aus seinem Schoß zu Boden fiel. Erleichtert stellte er dabei jedoch fest, dass er diese wohl ausgetrunken hatte, bevor er eingenickt war.

Nachdem Markowitsch sich erhoben und das Mobiltelefon zur Hand genommen hatte, erkannte er mit einem Blick auf das Display, dass es sich bei der angezeigten Nummer um die Rufbereitschaft handelte. Mit einem leisen Seufzer drückte er die Taste für die Rufannahme.

„Markowitsch. Hauptkommissar im Feierabend", meldete er sich etwas mürrisch.

„Den würde ich ihnen liebend gerne gönnen, Herr Hauptkommissar", antwortete die Stimme am anderen Ende der Leitung.

„Und weshalb halten sie sich nicht an das was sie gerne täten?", fragte Markowitsch nach.

„Weil explizit nach ihnen verlangt wurde", kam die Antwort seines Gesprächspartners.

Markowitsch setzte sich wieder, nahm allerdings eine abwartende Haltung ein.

„Um welch hochrangige Persönlichkeit handelt es sich denn bei diesem Jemand?", fragte er mit unüberhörbarem Sarkasmus nach.

„Na ja", meinte der Anrufer. „Den Polizeiobermeister aus Nördlingen würde ich nicht gerade als hochrangige Persönlichkeit bezeichnen. Allerdings rief er vor einigen Minuten im Auftrag des Nördlinger Oberbürgermeisters Martin Steger hier an.

Und genau dieser Herr Steger besteht anscheinend darauf, dass ein gewisser Hauptkommissar Robert Markowitsch aus Augsburg mit seinem Team an Ort und Stelle die Ermittlungen aufnehmen soll."

Bei den Worten Nördlingen, Oberbürgermeister Martin Steger und Ermittlungen fühlte Robert Markowitsch, dass es wie ein Kribbeln bei leichten Stromstößen über sein Rückenmark hinauf in seine Hirnwindungen kroch.

Gedanken an den mysteriösen *Tod auf dem Daniel* wurden wieder in ihm wach. Bei dieser Geschichte vor einigen Jahren hatten die Behörden nach Abschluss seiner Ermittlungen scheinbar jegliche weiteren Informationen auf Eis gelegt, da auch ein ehemaliger Politiker in die Sache verstrickt war.

Es dauerte nur wenige Augenblicke, bis Robert Markowitsch seine Schläfrigkeit vollkommen abgelegt hatte. Die Routine eines erfahrenen Kriminalhauptkommissars kam ins Rollen.

„Gibt es genauere Informationen darüber, weshalb ausgerechnet nach mir verlangt wurde?", fragte der den Beamten der Rufbereitschaft.

„Mir wurde mitgeteilt", antwortete dieser, „dass es in der Nördlinger Innenstadt nahe der Fußgängerzone ein Tötungsdelikt gibt."

„Und? Weiter?", fragte Markowitsch nun ungeduldig. „Hat man jemanden überfahren, war es eine Messerstecherei, wurde jemand erschlagen?"

Der Hauptkommissar war inzwischen hellwach.

„Mann, Herr Kollege. Nun lassen sie sich doch nicht jedes Wort aus der Nase ziehen. Etwas genauere Informationen wünsche ich mir schon, wenn ich mitten in der Nacht einen neuen Fall übernehmen soll."

„Na ja, mitten in der Nacht …", murmelte der Anrufer nur so, dass es Markowitsch nicht mitbekam.

„Ich warte", blaffte dieser nun schon etwas ungehalten in das Mikrofon seines Handys.

„Ein junger Mann wurde nach Aussage von Polizeiobermeister Wagner am Rande der Nördlinger Fußgängerzone auf Höhe der St. Georgskirche niedergeschossen. Er ist wohl unmittelbar nach dem Schuss seinen Verletzungen erlegen."

„Na also, geht doch", meinte Markowitsch und fragte sogleich:

„Weiß der Staatsanwalt schon Bescheid?"

„Schon geschehen, Herr Markowitsch", kam umgehend die Antwort. „Auch ihren Kollegen Peter Neumann und die Spurensicherung habe ich verständigt. Herr Neumann müsste jeden Augenblick bei ihnen sein um sie abzuholen."

„Na, das ist doch mal ein Wort", meinte Markowitsch nun doch etwas überrascht. „Sie scheinen sich gut auszukennen in unserem Haufen."

„Nun ja", erklärte der Beamte der Rufbereitschaft. „Nachdem mir der Nördlinger Kollege mitteilte, dass dieser Martin Steger auf sie und ihr Team von damals besteht, hab ich mich kurz über die Beteiligten an der Sache des toten Türmers kundig gemacht."

Wieder fühlte Robert Markowitsch beim Erwähnen dieser Geschichte einen leichten Kälteschauer in seinen Gliedern. Er hoffte nur inständig, dass diesmal alles mit rechten Dingen zuging. Noch einmal solch mysteriöse Umstände wie vor drei Jahren bei seinen Ermittlungen hätte er äußerst ungern.

Obwohl letztendlich durch die Zusammenarbeit mit Peter Neumann und Frank Berger, der inzwischen zum Oberstaatsanwalt befördert war, ein zufriedenstellendes Ende erreicht werden konnte.

Als der Name Frank Berger durch seine Gedanken zog, meinte er noch:

„Ach ja, wissen sie denn, wer die Ermittlungen bei der Staatsanwaltschaft übernehmen wird?"

„Wollte ich ihnen soeben noch mitteilen, Herr Markowitsch. Oberstaatsanwalt Frank Berger lässt ihnen ausrichten, dass er diesmal selbst nach Nördlingen fahren würde. Seine Stimme klang dabei etwas komisch, was ich mir jedoch nicht erklären konnte."

Robert Markowitsch grinst leise in sich hinein, als

er an die damalige Fahrt mit seinem neuen Dienstwagen dachte.

„Danke für die Informationen, Herr Kollege. Und machen sie sich mal wegen der Stimmung des Herrn Oberstaatsanwalts keine Gedanken. Hat schon alles seine Richtigkeit. Ich wünsche ihnen eine ruhige Schicht."

Damit beendete er das Gespräch und begab sich ins Badezimmer, um sich umzuziehen und etwas frisch zu machen. So wie er Peter Neumann einschätzte, würde dieser wohl nicht mehr allzu lange auf sich warten lassen.

8. Kapitel

Als Robert Markowitsch und Peter Neumann unmittelbar vor dem Kriegerbrunnen an der Nördlinger Fußgängerzone ihren Wagen abstellten, sahen sich die beiden Beamten zunächst für einige Augenblicke um, um sich vom Ort des Geschehens ein kurzes Bild zu machen.

„Viel hat sich nicht verändert in den vergangenen drei Jahren, was Neumann?", meinte Markowitsch in Anspielung auf ihren damaligen Fall.

„Ist ja auch eine sogenannte historische Altstadt", meinte Peter Neumann. „Da wird man wahrscheinlich nicht einfach so mal etwas Neues hinstellen oder Vorhandenes verändern."

„Da mögen sie wohl recht haben, Neumann", gab Markowitsch zurück. „Obwohl an und um diese alten Gemäuer wie der St. Georgskirche über Jahre hinweg ununterbrochen gebaut wird."

„Nicht gebaut, Chef", meinte Peter Neumann trotz der im Moment tragischen Situation schmunzelnd. „Restauriert ist der richtige Ausdruck."

„Dann wohl beides", bestand Markowitsch auf seiner Aussage. Er deutete mit seiner Hand in Richtung des Kirchturms.

„Das sieht mir wohl eher nach einer Neuerung oder Erweiterung aus, soweit ich dies im Scheinwerferlicht beurteilen kann."

Peter Neumanns Blick folgte dem Fingerzeig seines Vorgesetzten.

„Stimmt", meinte er. „Da hab ich bei meinen Recherchen etwas im Netz gelesen. Stand aber vor einiger Zeit auch irgendwas in der Zeitung darüber. Auf dem Platz vor dem Daniel wird ein neuer Brunnen gebaut."

„Na denn", seufzte der Hauptkommissar und öffnete dabei die Fahrertür. „Gehen wir's an."

Als die beiden Männer aus dem Auto stiegen, wurden sie bereits händeringend erwartet.

„Na endlich Herr Kommissar", kam Martin Steger aufgeregt den beiden Beamten entgegen. „Ich dachte schon sie kommen überhaupt nicht mehr."

„Hauptkommissar", entgegnete Markowitsch die überaus wichtige Begrüßung durch den Nördlinger Oberbürgermeister und deutete auf seinen Begleiter. „Mein Kollege Peter Neumann."

Martin Steger schien die Bemerkung des Kriminalbeamten zu überhören. Während er ihn und seinen Kollegen zum Tatort begleitete, fuchtelte er wild mit seinen Händen umher.

„Schon wieder so eine unglückliche Geschichte in unserer Stadt", sprach Steger aufgeregt. „Ich darf mich doch wie damals auf ihre volle Diskretion verlassen, Herr Markowitsch. Sie wissen ja: Der Ruf unserer Stadt, die Touristen und …"

„Ja, ich weiß", meinte der Hauptkommissar beruhigend.

Einerseits war er sichtlich genervt, dass er gleich zu

Beginn seiner Ermittlungen mit diesen unsäglichen Nebenerscheinungen konfrontiert wurde, andererseits hatte er für den Mann vollstes Verständnis.

Es war in seinen Augen wohl auch keine leichte Aufgabe, den Ruf der Stadt in der Öffentlichkeit vor medialem Schaden zu schützen.

Wenn Robert Markowitsch allerdings an gewisse Vertreter der Presse dachte die ausschließlich auf Sensationsjagd waren, hatte er diesbezüglich so seine Zweifel.

„Wir werden wie immer im Rahmen der uns vorgegebenen Möglichkeiten handeln, Herr Steger", gab Markowitsch dem Stadtobersten zu verstehen. „Allerdings hat die Öffentlichkeit auch ein Anrecht auf gewisse Informationen."

„Dessen bin ich mir durchaus bewusst", meinte Martin Steger händeringend. „Aber wenn sie sich etwas in meine Lage versetzen können bin ich mir gewiss, dass sich ihre Ermittlungen in diesem Fall auch im Sinne unserer Stadt durchführen lassen."

Markowitsch verdreht die Augen, was dem Oberbürgermeister angesichts der ganzen Aufregung jedoch verborgen blieb.

„Wir werden selbstverständlich versuchen so diskret als möglich vorzugehen", antwortete Markowitsch mit wohlwollender Stimme. „Aber wie schon erwähnt: Alles im Rahmen der uns vorgegebenen Situationen."

Martin Steger wollte dem Kriminalbeamten gegenüber nochmals etwas erwidern, als sich eine Gestalt von der Seite näherte.

Erleichtert stellte Robert Markowitsch fest, dass es sich dabei um Frank Berger, den Augsburger Oberstaatsanwalt handelte.

„Sie entschuldigen uns bitte", sprach er, ging Berger mit ein paar Schritten entgegen und ließ den OB zurück.

Frank Berger begrüßte die Augsburger Kollegen per Handschlag, wobei er einen Blick auf seine Armbanduhr warf.

„Sie sind etwas spät dran, meine Herren", meinte er und fügte mit einem Blick auf Peter Neumanns Auto hinzu: „Streikt ihr Dienstwagen etwa, Herr Kommissar?"

Robert Markowitsch konnte die leise Ironie in der Frage von Frank Berger nicht überhören. Deshalb antwortete er:

„Zum einen heißt es Kriminalhauptkommissar, Herr Oberstaatsanwalt und zum anderen sei erwähnt, dass ich mich auf Grund mentaler Überlastung durch die Abarbeitung der leider immer mehr zunehmenden Schreibarbeit am vergangenen Abend nicht mehr in der Lage gesehen habe, mein Dienstfahrzeug selbst gefahrlos durch die Straßen unserer Stadt zu führen und deshalb die öffentlichen Verkehrsmittel beansprucht habe."

Uff! Robert Markowitsch holte einmal tief Luft und sah dabei in das grinsende Gesicht von Frank Berger. Dieser wandte sich an Markowitsch's Kollegen Peter Neumann.

„Haben sie ihm das beigebracht?", fragte er mit gespielter Überraschung.

Peter Neumann hob abwehrend seine Arme.

„Gott bewahre", meinte dieser. „Ich habe nichts damit zu tun. Keine Ahnung woher das kommt. Diese Ausdrucksweise meines Vorgesetzten ist mir absolut fremd."

„Banausen", winkte Markowitsch ab, wobei er seine Nase rümpfte. „Nun aber Schluss mit dem Geplänkel. Was haben wir denn, Berger?"

Auch der Oberstaatsanwalt ging zur Tagesordnung über. Er sah die Flachserei mit den Kriminalbeamten allerdings als Notwendigkeit in ihrem Beruf an, um nicht völlig von der manchmal grausamen Wirklichkeit aufgefressen zu werden.

„Also", meinte Berger. „Nach den Informationen die ich bisher erhalten habe, handelt es sich bei dem Toten um einen gewissen Steffen Kleinschmidt. Neunzehn Jahre, fester Wohnsitz, keinen Job."

Frank Berger deutete auf eine der Sitzbänke vor dem Brunnen.

„Einer der Nördlinger Beamten hat mir mitgeteilt, dass Kleinschmidt und auch diese beiden jungen Herrn da drüben vorgestern Abend …", Berger sah auf die Uhr, „… vielmehr vor vorgestern Abend in der Nähe der Stadtbibliothek aufgegriffen wurden. Dies war übrigens nur ein paar Meter von hier entfernt."

Der Oberstaatsanwalt zeigte mit der Hand in Richtung einer Gasse, die sich direkt gegenüber vom Tatort befand.

Markowitsch fragte:

„Und weshalb hatte man die Herren einkassiert?"

„Nur einen von ihnen", antwortete Berger. „Die anderen drei konnten türmen, einer der vier ist hier nicht anwesend."

„Könnte der Fehlende etwas mit dieser Sache zu tun haben?", gab Peter Neumann zu bedenken.

„Glaube ich kaum", entgegnete der Oberstaatsanwalt. „Nach den ersten, allerdings noch sehr vagen Ermittlungen hier vor Ort, hingen die vier Burschen meist wie die Kletten zusammen."

„Danke", meinte Markowitsch angesichts der Unterbrechung durch seinen Kollegen. „Aber das beantwortet noch nicht meine Frage, weshalb dieser Kleinschmidt festgenommen wurde."

Der nun durch Frank Berger hinzu gebetene Polizeiobermeister Peter Wagner klärte die Augsburger Kollegen darüber auf, was sich an dem besagten Abend vor der Nördlinger Stadtbibliothek abgespielt hatte.

Markowitsch, Neumann und Frank Berger erfuhren in diesem Zusammenhang auch, dass es in letzter Zeit des Öfteren schon zu kleineren, jedoch meist verbalen Auseinandersetzungen zwischen Jugendlichen, sogenannten Obdachlosen und auch Touristen oder Anwohnern gekommen war.

„Handgreiflichkeiten sind eher selten im Spiel", sagte Peter Wagner und fügte noch hinzu: „Gott sei Dank. Sonst hätten wir hier wohl bald Verstärkung nötig."

Martin Steger, der das Gespräch scheinbar aus einigen Metern Entfernung mit verfolgt hatte, mischte sich nun ein.

„Eine richtige Plage sind diese Leute in den letzten Monaten geworden", meinte er aufgeregt. „Ich weiß nicht, wie oft ich in den vergangenen Wochen schon für Ruhe sorgen und die Bande immer wieder wegschicken musste."

Robert Markowitsch horchte auf.

„Ach", sagte er. „So schlimm, dass sie als Oberbürgermeister persönlich eingreifen müssen?"

„Nun ja", gab Steger zurück, wobei er nervös an seiner Krawatte nestelte. „Schließlich bin ich ja als Stadtoberhaupt auch mitverantwortlich für das Wohl unserer Bürger und Besucher. Außerdem beginnen nächste Woche die Aufführungen an der Freilichtbühne der Alten Bastei."

„Schön", meinte Markowitsch, „dass sie ihre Pflichten so selbstlos wahrnehmen. Wo haben sie sich denn zur Tatzeit aufgehalten? So gegen etwa …"

Der Hauptkommissar blickte kurz auf den Nördlinger Kollegen.

„Zweiundzwanzig Uhr", gab dieser zur Antwort. „Laut Zeugenaussagen hatte der Türmer gerade zum ersten Mal gerufen."

„So, G'sell, so", meinte Robert Markowitsch nach kurzem Überlegen zweideutig, wobei er seinen Blick wieder auf Martin Steger richtete. „Also?"

Die umher stehenden Personen konnten in diesem

Augenblick erkennen, wie die Farbe aus dem Gesicht des Nördlinger Oberbürgermeisters das Weite suchte und einem aschfahlen Grau Platz machte.

„Sie wollen doch nicht etwa allen Ernstes behaupten, dass ich etwas …", stotterte er empört. „Wie können sie eine so ungeheure Behauptung überhaupt in Erwägung ziehen, Herr Hauptkommissar?"

Martin Stegers Stimme war kurz davor sich zu überschlagen. Markowitsch dagegen blieb ganz gelassen, als er antwortete:

„Ich ziehe hier überhaupt nichts in Erwägung, Herr Oberbürgermeister, sondern habe ihnen lediglich im Rahmen meiner Ermittlungen eine ganz normale Frage gestellt, auf die sie mir noch eine Antwort schuldig sind."

Ein Ausdruck völligen Unglaubens erschien in Martin Stegers Gesicht.

„Lächerlich", empörte er sich wieder, wobei seine Gesichtsfarbe nun in ein Wut-Rot überging.

„Lä-cher-lich. Oder glauben sie, dass ich in meinem Alter um diese Zeit auf einem Baugerüst umher turne?"

Frank Berger, dem diese Situation inzwischen schon etwas zu heiß wurde, legte beruhigend seine Hand auf die Schulter von Martin Steger.

„Bitte sehen sie es Hauptkommissar Markowitsch nach, dass er die Dinge erst einmal sondieren muss", meinte er. „Wir werden ihn und seinen Kollegen jetzt erst einmal über alle uns bereits bekannten Details in Kenntnis setzen, damit er sich ein Bild von der momentanen Gesamtsituation machen kann."

Martin Steger, der sich in diesem Augenblick durch die Reaktion des Oberstaatsanwalts in seiner Empörung bestätigt sah, hob entgegenkommen seine Hände und meinte:

„Nun gut. Das hätte aber wohl schon im Vorfeld geschehen sollen, anstatt solche irrsinnigen Vermutungen anzustellen. Andernfalls müsste ich mir überlegen ob es von meiner Seite her richtig war, ihren Kollegen nach Nördlingen zu bitten."

„Das war es sicherlich", meinte Frank Berger beruhigend. „Er ist der beste Ermittler, den wir in Augsburg haben."

„Na ja, also dann", meinte der OB wohlwollend. „Sollten sie noch irgendwelche Informationen von mir benötigen, so finden sie mich zur gewohnten Zeit in meinem Büro im Rathaus. Selbstverständlich stehe ich ihnen aber auch außerhalb der Dienstzeit zur Verfügung."

„Das wissen wir zu schätzen, Herr Steger. Vielen Dank für ihre Bereitschaft", entgegnete Frank Berger, was den OB dazu veranlasste, sich nun zu verabschieden.

Hauptkommissar Robert Markowitsch sah mit ungläubigem Erstaunen auf den Oberstaatsanwalt.

„Was war denn das eben?", wollte er wissen. „Wollen sie mich jetzt etwa zu ihrem Handlanger degradieren? Oder wie kann ich diese Aussagen ihrerseits verstehen?"

„Diplomatie sagt man im Allgemeinen dazu, mein

lieber Markowitsch. Ein kleiner Rückzug zum richtigen Zeitpunkt verhindert im Vorfeld oft Schwierigkeiten, die man sich besser erspart."

„Sagt wer?", fragte der Angesprochene.

„Sage ich", meinte Frank Berger. „Glauben sie einem erfahrenen Mann aus der Branche. Ich habe solche Situationen schon des Öfteren gelöst."

„Ja", gab der Kriminalbeamte genervt zurück. „Auf Kosten anderer."

„Lassen sie es gut sein, Markowitsch", winkte Berger ab. „Diese Diskussion führt doch zu nichts. Fragen wir lieber bei den Kollegen der SpuSi nach, ob es inzwischen schon irgendwelche weiteren Erkenntnisse gibt."

Peter Neumann, der sich während des Wortgeplänkels zwischen seinem Vorgesetzten und dem Oberstaatsanwalt Nützlicherem zuwenden wollte, trat in diesem Augenblick wieder zu den beiden Männern heran.

„Ein gezielter Schuss, der vermutlich vom Baugerüst an der Kirche dort drüben abgegeben wurde", sagte er. „Das haben die Kollegen relativ schnell herausgefunden, auch auf Grund der Aussage von Kleinschmidts Freunden.

Der Tod muss wohl sofort eingetreten sein, was auch die Wunde am Rücken vermuten lässt. Scheint ein etwas größeres Kaliber gewesen zu sein. Nach erster vorsichtiger Einschätzung der SpuSi vielleicht ein Jagdgewehr oder ähnliches.

Die Umgebung um die Kirche wird noch genauer

untersucht, kann also noch etwas dauern. Weitere Ergebnisse kriegen wir wie üblich *nach* Abschluss der Untersuchung und *nach* der Obduktion.

Ich habe mir allerdings erlaubt, den Leichnam des jungen Mannes zum Abtransport in die Rechtsmedizin freizugeben."

Robert Markowitsch und der Oberstaatsanwalt sahen sich mit erstauntem Gesichtsausdruck an. Frank Berger grinste ein wenig, als sich der Hauptkommissar hinter seinem Ohr kratzte und zu den beiden meinte:

„Dies war ein richtiger Scheißtag, wenn mir die Herren diesen Ausdruck genehmigen wollen. Ich glaube es ist besser, wenn ich mich jetzt ins Bett lege."

Zu Peter Neumann gewandt sagte er in Anlehnung auf den Ausspruch eines bereits verstorbenen prominenten Fernsehkollegen:

„Also Neumann, dann fahren sie schon mal den Wagen vor."

9. Kapitel

Eine äußerst unruhige Nacht lag hinter Martin Steger. Keine zwei Stunden hatte er geschlafen, nachdem er seine Frau über das Geschehen in der Innenstadt informiert hatte.

Bereits gegen sieben Uhr griff er zu seinem Telefon, um höchstpersönlich alle Mitglieder des Nördlinger Stadtrats zu einer weiteren außerordentlichen Sitzung zusammen zu rufen.

Dass diese nicht ausnahmslos begeistert darüber waren, interessierte das Stadtoberhaupt in diesem Moment jedoch nicht.

„Es ist nun mal unsere verdammte Pflicht, dass wir uns in einem solchen Fall gemeinsam beraten", schimpfte er in den Hörer.

„Schließlich haben wir uns als Politiker für die Belange dieser Stadt und ihrer Bürger einzusetzen. Und dazu gehört es nun auch einmal, sich in gewissen Situationen zeitlich flexibel zu zeigen."

Martin Steger legte den Zeitpunkt für die Zusammenkunft auf zehn Uhr fest.

„In der Zwischenzeit hat wohl jeder von ihnen mitbekommen, was gestern Nacht am Kriegerbrunnen passiert ist. In meinen Augen gilt es nun Maßnahmen zu ergreifen, die ein solches Verbrechen bereits im Vorfeld hätten verhindern können", begrüßte er die anwesenden Mitglieder aller Parteien im Sitzungssaal des Nördlinger Rathauses.

„Ihnen auch einen schönen guten Morgen, Herr Oberbürgermeister", kam nur Augenblicke später eine weibliche Stimme aus der Runde.

„Wie ich sie und ihre Kollegen einschätze, haben sie sicherlich auch schon einen konkreten Vorschlag parat, wie genau denn diese Maßnahmen aussehen könnten?"

Martin Steger war angesichts der brenzligen Situation nicht gewillt, sich auf einen langwierigen verbalen Schlagabtausch mit gewissen Mitgliedern des Stadtrats einzulassen.

Deshalb erhob er sich von seinem Platz, steckte seine Hände in die Hosentaschen und ging einige Schritte durch den Raum, bevor er antwortete.

„In der Tat, werte Frau Kollegin, in der Tat habe ich das. Nachdem wir ja bereits gestern ausführlich die angespannte Situation mit den, ich will es mal so ausdrücken, sozial schwachen beziehungsweise gesellschaftlich anders als die meisten denkenden Mitbürgern unserer Stadt erläutert haben, fand anschließend noch ein Gedankenaustausch unter einigen Kollegen statt."

Sein Blick traf den von Karl Kübler, was der zuvor Angesprochenen nicht verborgen blieb.

„War ja nicht anders zu erwarten, als dass hier wieder ein eigenes Süppchen gekocht wird", meinte sie zynisch.

„Nur kein Neid", gab der OB zur Antwort. „Besondere Situationen erfordern manchmal besondere

Maßnahmen. Aber selbstverständlich werde ich ihnen unsere Gedanken mitteilen, damit wir zu einer einvernehmlichen Entscheidung gelangen, die wir jedoch angesichts der vorhandenen Sachlage nicht auf die lange Bank schieben sollten.“

„Also gut“, meinte ein anderer aus der Runde der Anwesenden. „Hören wir uns doch einfach mal an, was Herr Steger zu sagen hat.“

„Schön, vielen Dank“, sagte Martin Steger und begab sich wieder auf seinen Platz, bevor er mit seinen Ausführungen begann.

„Nachdem bei der letzten Sitzung der Gedanke meinerseits“, er deutete auf seine Parteikollegen, „beziehungsweise unsererseits, eine Aufstockung der Polizeimannschaft oder der Einsatz einer Zivilstreife abgelehnt wurde, hat mich Herr Kübler über eine seiner Meinung nach mögliche Alternative in Kenntnis gesetzt.“

„Die da wäre?“, kam die umgehende Frage.

„Das kann ihnen der Kollege wohl am besten selbst erklären“, übergab Martin Steger nun das Wort an Karl Kübler.

Dieser lehnte sich etwas in seinem Stuhl zurück, wobei er den Daumen seiner rechten Hand in den Träger seiner Lederhose einhakte.

„Ich bin ebenfalls der Meinung“, sprach er, „dass eine zu hohe Polizeipräsenz oder gar der Einsatz einer privaten Wachmannschaft in unserer Stadt völlig überzogen wäre. In meinen Augen gäbe es eine wesentlich elegantere Lösung.“

Für einige Augenblicke ließ er seinen Worten Zeit, eine entsprechende Neugierde im Saal zu erzeugen.

„Na, dann rücken sie mal raus mit der Sprache", kam die Aufforderung an ihn.

„Was halten sie davon, wenn wir versuchen, die ganze Geschichte mit einem einzigen Mann von innen heraus zu bekämpfen."

Sekunden lang herrschte Stille im Saal, bevor die ersten Anwesenden den Vorschlag von Karl Kübler belächelten.

„Ein einziger Mann? Wie sollte dies denn von statten gehen?", wurde er gefragt. „Wollen sie sich etwas unter die Penner mischen?"

Gelächter begleitete die letzten Worte des Redners.

„Meine Herrschaften, bitte!", bat Martin Steger um Ruhe, in dem er mit der flachen Hand auf die Tischplatte klopfte.

„Wir wollen doch mit dem nötigen Ernst an die Sache herangehen."

„Dann sollte aber auch ein ernsthafter Vorschlag gemacht werden", kam die von mehreren Mitgliedern zustimmende Antwort.

„Lassen sie Herrn Kübler seinen Gedanken doch erst einmal zu Ende führen", bat der Oberbürgermeister. „Ich persönlich fand ihn gestern Abend zumindest wert, dass man darüber nachdenken sollte."

Alle Augen richteten sich nun wieder auf den angesprochenen Karl Kübler.

„Also", wiederholte dieser. „In meinen Augen ist es vollkommen ausreichend, einen einzigen Mann mit der Aufgabe zu betreuen, sich in der Szene umzuschauen und umzuhören. Dieser steht selbstverständlich in Kontakt mit uns.

So ließen sich manche unter den Leuten vorher abgesprochene Aktionen wie beispielsweise geplante Auseinandersetzungen zwischen Jugendlichen und Obdachlosen, oder die öfter schon vorgekommenen Einbruchdiebstähle verhindern.

Sehen wir es doch mal so: wenn wir bereits im Vorfeld die eine oder andere Information erhalten, könnte man mit dem gezielten Einsatz einer Polizeistreife manche Straftat verhindern."

Schweigen im Saal!

„Ein Undercover-Einsatz?", kam die erstaunte Frage.

„Naja", meinte Kübler. „Wir wollen es mit der Bezeichnung mal nicht zu hoch treiben. Aber ja, es würde wohl in diese Richtung gehen."

„Und wer sollte dieser James Bond unter den Armen sein?", kam bereits die nächste zweideutig formulierte Frage.

„Der Wächter", antwortete Karl Kübler.

„Der Wächter? Wer in Gottes Namen ist denn nun das schon wieder?", fragte eine der Anwesenden. „Sind wir jetzt in einem Comic oder einem Sience-Fiction-Roman?"

„Das ist ein Saufbruder, der sich um Herrn Küblers Wochenendhäuschen in der Schrebergartenanlage am Sägewerk kümmert", bestätigte einer aus der Runde. „Davon haben wir schon gehört."

„Genau", meldete sich eine weitere Stimme zu Wort. „Da gab es doch damals diesen Antrag auf Ausnahmegenehmigung ihrerseits, Herr Kübler."

„Dass er sich um mein Anwesen dort draußen kümmert, das ist schon richtig", meinte Karl Kübler zustimmend.

„Auch das mit der Genehmigung für seinen dauerhaften Aufenthalt wurde einvernehmlich mit den Behörden geregelt.

Saufbruder allerdings war einmal. Seit er für mich arbeitet, hält sich sein Alkoholkonsum in Grenzen. Außerdem wurde seit dieser Zeit in der Schrebergartenanlage keine einzige der Lauben mehr aufgebrochen und ausgeräumt oder verwüstet.

Der Mann ist absolut zuverlässig und in meinen Augen prädestiniert für meinen Vorschlag."

„Das ist doch Unsinn", wurden Bedenken geäußert. „Außerdem entbehrt es jeder Rechtsgrundlage."

„Wenn sie den Vorschlag als Unsinn bezeichnen, so sollten sie vielleicht eine besser geeignete Lösung vorschlagen", mischte sich nun wieder Martin Steger in das Gespräch ein.

„Wir alle hier wissen doch, dass sich diese unsägliche Angelegenheit zunehmend ausweitet. Nicht nur in der Innenstadt werden die Klagen lauter.

Auch über Geschehnisse in verschiedenen Bereichen der Stadtmauer, beispielsweise an der Alten Bastei, aber auch am Kastanienbaum vor dem Reimlinger Tor häufen sich die Beschwerden von Anwohnern und Besuchern.

Und was die rechtliche Seite angeht: wir würden dieses Vorgehen selbstverständlich vorher mit den zuständigen Behörden abstimmen und offiziell absegnen lassen. Es soll alles seinen rechtlichen Weg gehen."

Kleinere Diskussionen wurden nun unter den Mitgliedern des Stadtrats geführt. Als die Geräuschkulisse zunehmend anstieg, unterbrach Martin Steger das Ganze.

„Ich mache ihnen einen Vorschlag, meine Herrschaften. Bereden sie die Angelegenheit untereinander und lassen sie uns anschließend darüber abstimmen.

Sollte die Mehrheit unter uns dagegen sein, werden wir die ganze Sache bleiben lassen. Demokratie sollte trotz allem nicht vergessen werden. Allerdings erwarte ich dann auch entsprechende Vorschläge ihrerseits, wie man der Sachlage anderweitig begegnen könnte."

Martin Steger sah auf die Uhr.

„Ich würde vorschlagen, dass wir die Sitzung bis nach der Mittagspause vertagen. Diese Zeit sollte für einen Entschluss ihrerseits ausreichend sein."

10. Kapitel

Als Peter Neumann kurz nach neun Uhr von seinem Vorgesetzten in dessen Büro gebeten wurde, hatte er bereits eine knappe Stunde Recherchearbeit hinter sich, die bis dahin allerdings nicht allzu großen Erfolg gebracht hatte.

Robert Markowitsch stellte soeben seine Kaffetasse auf dem Schreibtisch ab und nahm in seinem Sessel dahinter Platz, als sein Kollege durch die Türe kam.

„Guten Morgen Herr Hauptkommissar", begrüßte er seinen Chef. „Wie war die Nacht?"

„Zu kurz", brummelte Markowitsch, indem er einen Schluck aus der Tasse nahm. „Das sollten sie doch selbst beurteilen können."

Peter Neumann betrachtete seinen Vorgesetzten einen kurzen Moment, bevor er ihn fragte:

„Weshalb trinken sie eigentlich hier im Büro normalen Filterkaffe, wenn sie im Grunde doch ein Fan von Cappuccino sind?", wollte er wissen und deutete dabei auf das leise vor sich hin gurgelnde Gerät in der anderen Ecke des Raumes.

„Ganz einfach", antwortete der Leiter der Augsburger Mordkommission. „Um einen Cappuccino richtig genießen zu können bedarf es in meinen Augen einer gewissen Ruhe in entspannender Umgebung.

Zum Beispiel in meinen eigenen vier Wänden, oder an einem schönen Sonnentag in einem Straßencafe."

Peter Neumann nahm diese Aussage kommentarlos hin, als er den fragenden Blick in den Augen von Robert Markowitsch erkannte.

„Ich habe mich vorhin bereits einmal im Netz nach Informationen über den Ermordeten umgesehen", kam er einer möglichen Frage seines Chefs zuvor.

„Und?", meinte dieser. „Hat ihr Schmuckstück etwas Brauchbares für uns ausgespuckt?"

„Leider nicht allzu viel", gab Peter Neumann zurück. „Dieser Steffen Kleinschmidt war zwar kein unbeschriebenes Blatt, aber einen wirklich treffenden Grund für seine Ermordung konnte ich nicht herausfinden. Jedenfalls noch nicht", fügte er seinen Worten hinzu.

„Tja", meinte Markowitsch, indem er seine gefalteten Hände auf den Schreibtisch legte. „Dann werden wir uns wohl in die kriminalistische Kleinarbeit begeben, Neumann. Gehört ja zu unserem Handwerk."

Der Hauptkommissar lehnte sich in seinem Sessel zurück und verschränkte die Arme vor seinem Oberkörper.

„Vorschlag meinerseits, Neumann", sprach er weiter. „Ich werde mich bei den Leuten der SpuSi darüber schlau machen, inwiefern uns deren Untersuchungen schon weiterhelfen könnten. Sie setzen sich ins Auto und fahren nach Nördlingen, um vor Ort mit den Kollegen zu sprechen. Möglicherweise gibt es ja dort schon neue Erkenntnisse."

„Die sie uns doch sicherlich umgehend mitgeteilt hätten", versuchte Peter Neumann die Autofahrt zu

vermeiden, was Markowitsch jedoch sofort durch-
schaute.

„Keine Diskussion, Neumann", winkte Robert
Markowitsch ab. „Wir müssen Präsenz zeigen vor Ort.
Erstens will ich die Aussagen der unmittelbar Beteiligten, sprich den beiden Freunden dieses Steffen Kleinschmidt haben und zweitens will ich uns den Ärger
mit den lieben Freunden der Presse ersparen."

„Oha", meinte Neumann etwas verwundert. „Seit
wann lassen sie sich denn von der Presse einschüch-
tern?"

„Ach wissen sie junger Freund", seufzte Markowitsch, was in Peter Neumanns Ohren eher unge-
wöhnlich klang. „Wenn sie erst mal einige Dienstjahre
auf dem Buckel haben werden sie selbst merken, dass
es sich auch bei uns nicht vermeiden lässt, gewisse
durch politische Einflüsse vorgegebene Dinge zu ak-
zeptieren."

„Hab ich da etwas verpasst, Chef"

„Ja Neumann, haben sie. Nämlich einen morgend-
lichen Anruf auf meinem Diensthandy von Oberstaatsanwalt Berger. Der wiederum hatte einen Selbi-
gen vom zuständigen Landrat aus dem Donau-Ries
erhalten mit …, ich zitiere:

… der nachdrücklichen Bitte, den Nördlinger
Oberbürgermeister im Interesse einer möglichst raschen und unspektakulären Aufklärung des Falles
jederzeit auf dem Laufenden zu halten."

Peter Neumann überlegte einen Moment, bevor er
mit einer Gegenfrage antwortete.

„Und von dieser *Bitte* hat sich der Oberstaatsanwalt beeindrucken lassen?"

„Ich habe keine Ahnung, *wer warum* über *was* in diesem Fall auf dem Laufenden gehalten werden möchte, Neumann. Dafür kenne ich nach jetzigem Stand noch zu wenige, um nicht zu sagen kaum irgendwelche Details.

Außerdem habe ich mir vorgenommen, mir in den letzten Jahren meiner Dienstzeit keine ungeliebten Freunde mehr zuzulegen, die mir meinen eines Tages hoffentlich wohlverdienten Ruhestand versauen könnten."

Im Gesicht Peter Neumanns, der nun doch schon einige Jahre mit Robert Markowitsch zusammen arbeitete, erschien ein fragendes Lächeln.

„Höre ich da etwa eine gewisse Ironie in ihren Worten, Herr Kriminalhauptkommissar?"

Als Markowitsch gerade etwas erwidern wollte, läutete das Telefon auf seinem Schreibtisch. Er erkannte die Nummer im Display und sagte zu seinem Kollegen:

„Das ist die SpuSi, Neumann. Also, ab nach Nördlingen mit ihnen. Ich melde mich, sobald ich weiß was Sache ist."

„Alles klar, Chef", antwortete Neumann, indem er sich von seinem Platz erhob. „Bin schon weg."

11. Kapitel

Martin Steger saß gemeinsam mit Karl Kübler am Mittagstisch in einer Gaststätte am Rande der Innenstadt und stocherte appetitlos in seinem Teller herum.

„Keinen Hunger?", fragte sein Gegenüber.

Der Blick des Oberbürgermeisters ging an Kübler vorbei ins Leere.

„Glauben sie, dass man sich auf unseren Vorschlag einlasen wird?", fragte er sichtlich skeptisch.

„Sagen wir mal so: Ich sehe im Moment gar keine vernünftige Alternative dazu", meinte Kübler. „Sich auf endlose Diskussionen einzulassen, dafür haben wir auf Grund der Brisanz gar keinen zeitlichen Spielraum.

Sehen wir es doch mal so: die Geschichte würde, selbstverständlich die Verschwiegenheit aller Beteiligten vorausgesetzt, völlig im Hintergrund ablaufen. Außerdem hat das Ganze doch für die Stadtratsmitglieder auch so einen Hauch von Geheimnis.

Undercover-Ermittlungen in Nördlingen. Davon können die doch noch ihren Enkeln erzählen."

„Ich sehe das auch so", entgegnete Martin Steger, äußerte aber dennoch seine Bedenken.

„Sie sind sich sicher, dass dieser *Wächter* der richtige Mann dafür ist? Ich meine, wäre da ein Profi von der Polizei nicht geeigneter?"

„In meinen Augen gibt es keinen Geeigneteren dafür", antwortete Stadtrat Kübler. „Er ist in der Szene bekannt, kennt die meisten der herumlungernden Typen und ist auch den halbstarken Tagträumern kein Fremder."

„Das stimmt sicherlich", gab Martin Steger zu. „Seit er sich dort draußen aufhält, gibt es einen Unruheherd weniger in unserer Stadt, wofür die anderen Anlagenpächter auch dankbar sind.

Ihre Zustimmung war letztendlich auch der ausschlaggebende Grund dafür, eine Ausnahmegenehmigung zum dauerhaften Wohnen auszustellen. Anderweitig hätte ich das niemals im Stadtrat durchsetzen können."

„Na sehen sie, Steger. Hat doch alles seinen Vorteil. Sie werden schon sehen, dass sich unser Vorschlag bei den Kolleginnen und Kollegen im Stadtrat sympathisieren wird. Vor allem deshalb, weil es keine zusätzlichen höheren Kosten für die Stadt verursacht.

Das eine oder andere kleine Zugeständnis für den Mann dürfte in diesem Fall keine große Schwierigkeit darstellen, wenn sich die ersten Erfolge in dieser Hinsicht einstellen."

„Ihr Wort in Gottes Ohr, Kübler", seufzte Martin Steger. Er rief nach der Bedienung, um die Rechnung zu begleichen, als just in diesem Moment sein Handy klingelte.

Der OB meldete sich mit knappen Worten und lauschte seinem unsichtbaren Gesprächspartner.

Karl Kübler bemerkte, dass Martin Steger während

der folgenden Minuten mehrmals schluckte und sichtlich nervös wurde.

„Das sind nicht gerade die erfreulichsten Mitteilungen die sie mir da machen, Herr Markowitsch", hörte er den Oberbürgermeister letztendlich sagen.

„Sie verlangen fast Unmögliches von mir. Dennoch werde ich selbstverständlich versuchen, die benötigten Informationen bereitstellen zu lassen. Vielen Dank für ihren Anruf."

Damit beendete Martin Steger das Telefonat mit dem Hauptkommissar, wie Karl Kübler unschwer feststellen konnte.

„Unangenehme Nachrichten?", fragte er, nachdem sie schließlich ihre Rechnungen beglichen hatten.

„Kann man wohl sagen", gab Steger zu. „Ich soll allen Ernstes eine Aufstellung sämtlicher Besitzer einer Waffe mit dem Kaliber 7,62 besorgen und dies möglichst bis vorgestern, wie er sich ausdrückte."

„Schwieriges Unterfangen", gab Kübler nachdenklich zu. „Das könnte alles Mögliche sein. Vom Revolver über ein Jagdgewehr bis hin zur Waffe eines Scharfschützen. Da müsste man schon genauere Informationen haben."

Beim Wort Jagdgewehr blieb ihm das kurze Blitzen in den Augen des Oberbürgermeisters nicht verborgen und Karl Kübler hob in zustimmender Geste beide Arme.

„Selbstverständlich werde ich meine Waffen, die ausnahmslos alle ordnungsgemäß registriert sind, der Polizei zur Verfügung stellen, Herr Steger.

Im Übrigen dürfte man die in Frage kommenden Schusswaffen über das Landratsamt herausfinden."

„Die registrierten ja", pflichtete ihm Martin Steger mit nachdenklichem Blick bei. „Hoffentlich führt das dann auch zum Erfolg."

12. Kapitel

Robert Markowitsch lehnte sich bequem in seinem Sessel zurück, nachdem Peter Neumann sein Büro verlassen hatte.

Er betrachtete sich die angezeigte Nummer nochmals im Display, nahm den Hörer vom Telefon und drückte gleichzeitig die Lautsprechertaste.

„Zacher persönlich?", fragte er mit leiser Ironie in Richtung des Apparates. „Was verschafft mir denn die Ehre ihres Anrufes? Ich dachte sie bummeln Überstunden ab."

„Erstens wird bei uns nicht gebummelt, Markowitsch und zweitens gibt es bei der Spurensicherung keine Überstunden. In unseren Kreisen nennt man das freiwillige Mehrarbeit im Sinne des Gesetzgebers."

Robert Markowitsch grinste in sich hinein als er antwortete:

„Ach ja? Da hab ich dann doch mal wieder was von ihnen dazu gelernt, Zacher."

„Lassen sie ihre blöden Bemerkungen, Markowitsch und verraten sie mir lieber, wer einen jungen Menschen mit einem solchen Kaliber abknallt. Mit einer 7,62 kann man einen Elch erlegen."

„Wenn ich die Antwort auf ihre Frage wüsste, mein lieber Zacher, so bräuchte ich ihre Abteilung nicht mit Arbeit zu behelligen.

Ich habe bisher noch keine Informationen aus ihren Kreisen erhalten und kann lediglich das sagen, was wir in der vergangenen Nacht erfahren haben."

„Nun gut", meinte Alfred Zacher, Leiter der Abteilung für kriminaltechnische Untersuchungen, auch kurz KTU genannt. „Dann will ich mal nicht so sein und sie auf den neuesten Stand unserer Erkenntnisse bringen."

„Danke, zu gütig", frotzelte Markowitsch mit einem leisen Lachen in seiner Stimme.

„Also", fuhr Alfred Zacher fort. „Das Geschoss dürfte meiner Meinung nach maximal aus einer Entfernung zwischen fünfzig und hundert Metern abgefeuert worden sein, was die Fundstelle der Patronenhülse bestätigt."

„Gut", meinte der Leiter der Mordkommission. „Aber das hätte ich ihnen auch sagen können, Zacher. Wir waren vor Ort und haben das mitbekommen."

„Schön", meinte Zacher. „Und sonst?"

„Was und sonst?", wiederholte Markowitsch die Frage seines Kollegen.

„Na, haben sie noch weitere Informationen die ich ihnen möglicherweise umsonst erzähle?"

„Nun seien sie doch nicht gleich wieder beleidigt", lenkte der Kriminalbeamte ein. „Ich will ihnen weder ihre Kompetenz streitig machen, noch ihnen die Daseinsberechtigung nehmen."

Markowitsch sprach weiter.

„Wir wissen lediglich, dass getrunken wurde, dass die jungen Herren einen älteren, möglicherweise obdachlosen Mann angepöbelt haben, dass dabei eine

Flasche zu Bruch ging und dieser Steffen Kleinschmidt letztendlich erschossen wurde."

„Sehen sie Markowitsch, das ist genau das was ich gemeint habe. Sie wissen ja das Meiste bereits", sprach Alfred Zacher mit belehrender Stimme.

„Ich kann sie lediglich dahingehend ergänzen, dass der Tote 1,42 Promille im Blut und seinem Mageninhalt nach so gut wie nichts gegessen hatte."

„Das ist alles?", fragte Markowitsch ungläubig.

„Nicht ganz", spannte ihn Zacher nicht länger auf die Folter. „Das Geschoss hat Steffen Kleinschmidts Lunge zerfetzt, er dürfte sofort tot gewesen sein.

Die kleinere Wunde am Hinterkopf stammt nach unseren Ergebnissen vom Sturz auf das Kopfsteinpflaster. Die ballistische Auswertung …"

„Darüber können wir später noch genauer sprechen, Zacher", meinte Robert Markowitsch, der durch einen Blick auf seine Uhr soeben bemerkte, dass er zu einem ersten Pressetermin mit Oberstaatsanwalt Frank Berger musste.

„Zunächst gilt es erst einmal, Öffentlichkeitsarbeit zu leisten."

„Ach ja, die liebe Presse", gab Zacher zur Antwort. „Na dann viel Spaß dabei. Zur ballistischen Auswertung wollte ich …"

Später, Herr Zacher, bitte später. Berger drängt auf den Termin."

„Also gut", meinte Zacher. „Aber wehe ich höre noch einmal Beschwerden von ihrer Seite über mangelnde Informationen."

„Ich werde mir Mühe geben", versprach Markowitsch und legte den Hörer auf das Telefon zurück.

13. Kapitel

Die Fahrt nach Nördlingen gestaltete sich für Peter Neumann dank der inzwischen relativ gut ausgebauten Bundesstraße problemlos. Bis auf einen kleinen Baustellenengpass kurz vor dem Harburger Tunnel kam er zügig durch.

Nachdem er in der Riesmetropole angekommen war und seinen Wagen direkt vor einer Bäckerei neben der Polizeiinspektion parken konnte, klemmte er sich lediglich die kleine Tasche mit seinem Tablet-PC unter den Arm und begab sich ohne Umwege in das Gebäude..

Wenig später hatte er gemeinsam mit den Kollegen dort begonnen, die zwischenzeitlich zur Vernehmung vorgeladenen beiden jungen Männer zu befragen. Auf die Anwesenheit ihres anderen Kameraden hatte man verzichtet.

Noch immer geschockt vom Tod ihres Freundes saßen die beiden kreidebleich im Vernehmungszimmer.

Es stellte sich für Neumann allerdings alsbald heraus, dass die Informationen ihn und Markowitsch kaum weiterbringen würden. Außer den bereits bekannten Details konnten die zwei nichts wirklich dazu beitragen, was die Kriminalbeamten weitergebracht hätte.

„Konnten sie inzwischen den Mann ausfindig machen, der mit Steffen Kleinschmidt gestern Abend aneinander geraten ist?", fragte er einen der Polizeibeamten.

„Wir wissen um wen es sich handelt", gab dieser zurück, „konnten ihn jedoch noch nicht ausfindig machen."

„Das heißt, unser einziger Zeuge, der möglicherweise nähere Angaben zum Tathergang machen könnte, ist verschwunden?", fragte der Augsburger Beamte seine Kollegen.

„Na ja, was heißt verschwunden?", versuchte der Polizist Peter Neumanns scheinbaren Vorwurf abzuschwächen. „Wir wissen auf Grund der Beschreibung vermutlich wer es war und deshalb auch wo er sich normalerweise aufhält."

Peter Neumann zog die Augenbrauen nach oben.

„Auf Grund der Beschreibung vermutlich und normalerweise sind in meinen Augen eher wage Anspielungen auf nicht wirklich vorhandene Kenntnisse, werter Kollege. Oder irre ich mich in meiner Annahme?"

„Nun", meinte dieser schulterzuckend, „wenn es sich hierbei um den nach Zeugenaussagen Beschriebenen handelt, geht es bei dem Mann um den uns bekannten Wächter."

„Wächter", wiederholte Peter Neumann. „Und weiter? Hat der Mann auch einen Vornamen?"

„Wächter ist nicht sein Name sondern seine Bezeichnung innerhalb des Kreises der, sagen wir mal nicht Sesshaften hier in Nördlingen."

„Und woher rührt diese Bezeichnung?", fragte Neumann nach kurzer Überlegungspause weiter.

„Ganz einfach", kam die Antwort des Gefragten. „Es gab vor längerer Zeit eine Situation in der Kleingartenanlage am Rande der Stadt, in der immer wieder Obdachlose oder Jugendliche bei kleineren Einbruchdiebstählen erwischt wurden.

Aber auch willkürliche Zerstörung fremden Eigentums war häufig der Grund, dass es eine ganze Zeit lang Anzeigen gegen Unbekannt hagelte."

„Und was hat nun dieser Wächter, wie sie ihn bezeichnen, mit der Angelegenheit zu tun?", wollte Neumann es endlich auf den Punkt gebracht haben.

„Der Mann war eines Tages hier in Nördlingen aufgetaucht und hatte sich in der Gartenanlage mit einem unserer Stadträte, Herrn Kübler, darauf geeinigt, dass er gegen eine Unterkunft in dessen Häuschen für Ordnung sorgen wollte.

Dies scheint ihm auch relativ gut gelungen zu sein, denn es gab von dieser Zeit an kaum noch Beschwerden der Anlieger beziehungsweise von Pächtern oder Besitzern der Grundstücke."

„Das heißt, der Mann lebt quasi da draußen", sprach Peter Neumann mehr zu sich selbst als zu dem Polizeibeamten. „Auch nicht ganz legal, meines Wissens."

„Was diese Tatsache anbelangt, so kann ich sie beruhigen, Herr Neumann. Soweit wir diese Informationen kennen, gab es eine Ausnahmegenehmigung für ihn, beantragt durch Herrn Kübler und nach Absprache mit den Behörden auch offiziell abgesegnet.

Schließlich ist er bis jetzt, in jedenfalls keiner uns bekannten Weise, deshalb negativ aufgefallen. Im Gegenteil. Es herrscht seit dieser Zeit da draußen erfreuliche Ruhe."

„Gut", erwiderte Peter Neumann. „Lassen wir diese Tatsache mal dahingestellt. Auf alle Fälle will ich diesen Wächter, oder wie immer dieser Mann auch heißen mag, zur Vernehmung hier haben.

Außerdem interessiert es mich brennend, weshalb niemand hier seinen Namen zu kennen scheint. Mehr als seltsam."

„Sein richtiger Name ist uns durchaus bekannt", sagte der Polizist, „nur verwendet ihn hier kaum jemand im Bezug auf ihn. Er ist für alle nur der Wächter."

„Na, dann darf ich sie doch freundlichst um den Namen dieses *Wächters* bitten, Herr Kollege", sprach Peter Neumann nun schon etwas genervt wegen der in seinen Augen blöden Geheimniskrämerei um diesen Mann.

„Paul Ledermacher", kam die Antwort des Polizeibeamten.

„Ledermacher", wiederholte Peter Neumann, als er sich den Namen in seine elektronische Datenbank tippte. „Na, das ist doch mal wieder ein Name, der so richtig auf die Abstammung der Vorfahren hindeutet."

„Kann ich nicht sagen, Herr Neumann. Aus seinen Unterlagen geht nichts weiter hervor. Wenn er ein Einheimischer wäre, könnte es sich um einen Hausnamen handeln. Aber so?

Ich kann mich noch genau daran erinnern, als er damals hier zusammen mit Herrn Kübler auftauchte und uns aus einer Plastiktüte seine etwas zerfledderten Papiere vorlegte."

Peter Neumann bekam eine Kopie der Unterlagen vorgelegt, die er sich einen Moment lang betrachtete.

„Nachdem er bisher in keiner Weise straffällig geworden ist, gab es für uns keinen Bedarf, über ihn weitere Nachforschungen anzustellen", fuhr der Polizeibeamte fort.

„Na, dann werden wir das bei Gelegenheit für sie übernehmen", sprach der Augsburger Beamte kopfschüttelnd und meinte insgeheim damit sich selbst, sein heißgeliebtes Computersystem und die unerschöpflichen Quellen der elektronischen Archive im Cyberspace.

14. Kapitel

Paul Ledermacher alias *der Wächter* saß in einer dunklen Ecke an der Stadtmauer in der Nähe der alten Bastei und überlegte.

Das wäre beinahe schief gegangen letzte Nacht, so dachte er bei sich. *Einen Sekundenbruchteil später und er hätte mich erwischt.*

Etwas angespannt auf Grund der vergangenen Nacht knetete er nervös seine Hände. Es hatte einen unschuldigen Toten gegeben. Aber was hieß in diesem Falle schon unschuldig?

Hätte dieser halbstarke Idiot sich im Beisein seiner Freunde nicht so aufgespielt, wäre ihm sein Schicksal wohl erspart geblieben.

Dann wäre jedoch möglicherweise ich derjenige, der nun im Leichenschauhaus liegt sinnierte Paul.

Einzig und allein seiner Konstitution hatte er es zu verdanken, dass er noch einmal mit heiler Haut davon gekommen war. Fast hätte ihn sein riskantes Spiel das Leben gekostet. Aber dieses Risiko gehörte nun einmal zu seinem Plan. Dass solche Situationen auftreten könnten hatte er einkalkuliert.

Keiner sah es ihm an, welch ein Mensch tatsächlich hinter seiner Fassade steckte. Für die Bewohner Nördlingens war er nur einer der Obdachlosen, ein Stadtstreicher, der sich durch die Gunst eines scheinbar angesehenen Bürgers etwas in seiner Lebenssituation gefangen hatte.

Auf Grund dessen was er für manche der Einwohner hier leistete war er zwar geduldet, man ließ ihn weitestgehend auch in Ruhe, einer von ihnen allerdings würde er nicht werden. Dafür passte sein Erscheinungsbild nicht in die Vorstellungen derer, die sich als die ehrbaren Bürger bezeichneten.

Jedoch brachte ihm sein Auftreten auch so manchen Vorteil. Er konnte sich beispielsweise ohne große Probleme auch unter seinesgleichen bewegen, ohne Angst davor haben zu müssen, dass man ihn dafür anging.

Einerseits war er bei den Bier trinkenden Saufkumpanen an den unterschiedlichsten Orten Nördlingens nicht gern gesehen, da es sich herum gesprochen hatte, dass mit ihm nicht gut Kirschen essen war, wenn es darum ging, sich am Eigentum anderer zu vergreifen.

Auf der anderen Seite genoss er den Respekt beispielsweise bei den Jüngeren in der Szene, da er irgendwie auch die Seite der in vielen Augen nicht gesellschaftsfähigen Menschen repräsentierte.

Wann immer er an Nördlingens bekanntestem Kastanienbaum vorbei kam oder sich an bestimmten Plätzen an der Stadtmauer sehen ließ, es fiel stets ein guter Schluck oder ein Happen zu essen für ihn ab.

Es war ursprünglich nicht Paul Ledermachers Ziel gewesen, sich unter diesem Menschenschlag zu bewegen, unglückliche Umstände hatten dies jedoch notwendig gemacht.

Nachdem sich vor einigen Monaten das Schicksal endlich auf seine Seite zu stellen schien, glaubte er noch, dass es keinen allzu langen Zeitraum in Anspruch nehmen sollte, bis man ihm gegenüber endlich Rechenschaft ablegen würde.

Hier in Nördlingen angekommen, stellte sich die Situation jedoch etwas anders dar, als er ursprünglich angenommen hatte.

So disponierte er schließlich um und ließ sich auf das Spiel ein, das er allerdings nach seinen eigenen Regeln gestalten wollte.

Er recherchierte gründlich und hatte den Entschluss gefasst, für sein Vorhaben in seine jetzige Rolle zu schlüpfen.

Er wurde der Wächter!

Es galt genau zu überlegen, seinen Plan in die Tat umsetzen, ohne dabei selbst zu Schaden zu kommen.

Der erste Schritt war getan, auch wenn dieser nicht so verlief wie er es geplant hatte. Er machte sich wieder auf den Weg. Es galt keine Zeit zu verlieren.

15. Kapitel

Die drei etwas heruntergekommenen Gestalten hockten dicht beieinander auf dem Gelände des Sägewerks und warteten ab, bis der Streifenwagen vorüber war.

„Sie suchen ihn", meinte einer von ihnen. „Die lungern hier schon den ganzen Tag herum. Er ist ihnen wohl durch die Lappen gegangen."

„Quatsch keinen Blödsinn", meinte ein anderer. „Es steht doch fest, dass er diesen jungen Idioten nicht abgeknallt hat. Man erzählt sich, dass es ihn beinahe selbst erwischt hätte."

„Dann frage ich mich aber, wieso er abgehauen ist?", kam die Antwort des ersten.

„Weil er wahrscheinlich genauso wenig Lust hat wie wir, sich von den Bullen ausquetschen zu lassen. Wenn unsereiner erst einmal in so einer Geschichte drin hängt, kommt er da nicht so schnell unbeschadet wieder raus."

„Aber der Wächter ist doch irgendwie auch einer von ihnen. Schließlich versaut er uns hier draußen schon seit geraumer Zeit die Tour.

Bis er hier aufgetaucht ist, konnte man ohne große Probleme das eine oder andere Brauchbare aus den Gärten heraus holen. Seit ein paar Monaten geht in dieser Hinsicht gar nichts mehr.

Einerseits bin ich ganz froh, dass er jetzt Probleme

mit den Grünen hat."

„Du redest Scheiße, Mann. Immerhin hat er durch seine Anwesenheit erreicht, dass uns die Leute etwas mehr in Ruhe lassen als früher."

„Ja, das schon", kam die Antwort. „Dafür müssen wir uns jetzt mehr in der Innenstadt aufhalten, weil wir uns hier in der Gartenanlage nicht mehr sehen lassen können."

„Stimmt", bestätigte der dritte unter ihnen. „Und deshalb gibt's ständig Streit mit diesen halbstarken Idioten, die anscheinend nichts Besseres zu tun haben, als uns das Leben schwer zu machen."

„Hört auf zu quatschen", wurden die beiden vom dritten im Bunde unterbrochen. „Das Bullenauto ist weg. Das ist die Gelegenheit, mal wieder ein paar Dinge zum Verscherbeln zu besorgen. Los, beeilen wir uns. Ich habe keine Lust nass zu werden."

Als sich die drei vorsichtig umsehend vom Gelände des Sägewerks entfernten und den Weg in Richtung der Kleingartenanlage einschlugen, hatten sich bereits hoch über ihnen am Himmel dunkle Gewitterwolken zusammen gezogen.

Erstes Donnergrollen war bereits zu vernehmen und deutete darauf hin, dass der nahende Gewitterregen wohl nicht mehr allzu lange auf sich warten lassen würde.

„Scheint alles ruhig zu sein", meinte einer. „Wenn der Wächter heute Nacht tatsächlich noch zurückkommen sollte, haben wir längst ein trockenes Plätzchen gefunden.

Dann heißt es nur noch ruhig sein und morgen früh leise verschwinden. Natürlich mit ein paar Habseligkeiten, die sich zu Geld machen lassen."

Als die drei Männer die Kleingartenanlage betraten und sich eines der dort befindlichen Häuschen ausgesucht hatten um dort zu übernachten, da ahnten sie noch nicht, dass sie bereits beobachtet wurden.

Schlimmer noch, dass einer von ihnen in dieser Nacht sein Leben verlieren würde.

16. Kapitel

Nachdem Peter Neumann aus Nördlingen zurück gekommen war und das Gebäude des Augsburger Polizeipräsidiums betreten hatte, begab er sich auf direktem Wege in das Büro von Robert Markowitsch.

Als er die Türklinke nach unten drückte musste er jedoch feststellen, dass der Raum verschlossen war. Neumann begab sich in das Sekretariat, wo man ihm auf seine Nachfrage hin mitteilte, dass sich sein Vorgesetzter nach dem Pressetermin mit Oberstaatsanwalt Frank Berger für den Rest des Tages frei genommen hatte.

„Na super", murmelte Peter Neumann vor sich hin, da er genau wusste, dass dies nun wieder einmal Überstunden bedeutete.

Zunächst war er in Versuchung, Markowitsch anzurufen, ließ es dann jedoch bleiben. Er wollte seinem Chef einige Stunden Ruhe gönnen. Man hatte ihm angesehen, dass die vergangenen beiden Tage doch etwas an seiner Substanz gezehrt hatten.

Peter Neumann begab sich in sein Büro, nahm hinter dem Schreibtisch Platz und schaltete den Computer an.

Binnen weniger Augenblicke war sein Schmuckstück bereit.

„Na, dann wollen wir mal", sprach er zu sich

selbst, verschränkte die Finger beider Hände ineinander und dehnte diese so, dass es einige Male hörbar in den Gelenken knackte.

Es dauerte nicht allzu lange, dann war der Kriminalbeamte tief in seinem Element versunken. Seine Finger huschten wie Streicheleinheiten über die Tastatur und Peter Neumann tauchte wieder einmal ein in die Weiten der digitalen Welt.

17. Kapitel

Während im Augsburger Kriminalkommissariat die Recherchen Peter Neumanns auf Hochdruck liefen, hatte sich das Gewitter über dem Donau-Ries festgefressen.

Man sagt ja immer, dass im Normalfall das meiste an Regen- und Gewitterwolken, die aus der westlichen Richtung heran kommen, am Rand des Rieskessels geteilt und überwiegend vom fränkischen Brombachsee angezogen werden.

Wurde der Riesrand jedoch erst einmal von den Wolken überwunden, setzte sich das Wetter meist hier im Kraterkessel fest. So auch in dieser Nacht, als es unter Begleitung von Blitz und Donner heftig zu regnen begann.

Grelle Lichtstreifen gefolgt von teilweise ohrenbetäubendem Krachen erhellten den Himmel über Nördlingen, als das Gewitter mit seinem Zentrum über der Stadt angekommen war.

Die drei Männer, die sich soeben Zugang zur Kleingartenanlage verschafft hatten, suchten nach einem geeigneten Unterschlupf.

Dicht gedrängt standen sie kurz darauf in der Ecke des Vordaches einer Gartenlaube beieinander, um so den teils heftig aufkommenden Windböen zu entgehen.

„Wir sollten rein", meinte einer von ihnen. „Ich

hab keine Lust nass zu werden, wenn's zu regnen anfängt."

„Etwas Wasser würde dir nicht schaden", rümpfte einer die Nase. „Du solltest entweder dich oder deine Klamotten mal wieder waschen. Am besten beides."

„Leck mich", bekam er zur Antwort. „Du riechst auch nicht gerade nach kölnisch Wasser."

„Hört auf zu streiten", mahnte der Dritte von ihnen. „Lasst uns lieber zusehen, dass wir die Tür aufkriegen. Ich hab keine Lust darauf, bei diesem Sauwetter die Nacht im Freien zu verbringen."

Er kramte aus einer Plastiktüte ein rostiges Stück Eisen hervor, das in besseren Zeiten wohl einmal als Werkzeug gedient hatte.

Ohne großes Zögern trat er an die Türe der Gartenlaube und setzte das Stück Metall zwischen Türrahmen und Schloss an. Ein kurzer Hieb mit der Hand, sowie ein zur Seite hin kräftig ausgeführter Ruck folgten. Der einfache Riegel hielt der Attacke nicht Stand.

Die drei konnten sich auf Grund des Gewitters sicher sein, dass die Geräusche beim Aufbrechen der Türe keinerlei Probleme machten. Deshalb nahmen sie auch relativ wenig Rücksicht darauf.

Nachdem sie das kleine Gartenhaus betreten und die Türe wieder notdürftig verriegelt hatten, trat der Wortführer unter den dreien ans Fenster.

„Optimale Lage", meinte er zufrieden. „Von hier aus kann man den Schuppen, in dem der Wächter haust, genau im Auge behalten.

So kriegen wir es rechtzeitig mit wenn der Typ zurück kommt, damit wir uns problemlos wieder aus dem Staub machen können. Wir werden uns abwechseln mit dem Aufpassen."

Zu einem seiner Kumpane sagte er bestimmend:

„Max, seht ihr zwei doch mal nach ob es hier was Nahrhaftes gibt. Wenn Flüssignahrung dabei ist bin ich auch nicht böse. Hauptsache sie wärmt von innen."

Ein zustimmendes Lachen seiner beiden Kumpane folgte und Augenblicke später hatten sie damit begonnen, die Hütte systematisch zu durchwühlen.

Sie nahmen dabei nur wenig Rücksicht auf eventuelle Beschädigungen. Wer sich hier draußen ein Grundstück leisten konnte, dem waren auch kleinere Instandhaltungsmaßnahmen zuzumuten.

Wenig später hatten die beiden sämtliche Schubladen und Kästen des kleinen Gartenhäuschens durchsucht, dabei aber lediglich einige Kekse und eine Flasche Kräuterlikör zu Tage gefördert.

„Na besser als nichts", sagte derjenige, der immer noch am Fenster stand und das Gartenhaus beobachtete, in dem seiner Meinung nach der Wächter sein Domizil hatte.

„Das reicht vielleicht wenigstens zum Einschlafen. Vorher muss ich aber mal kurz in die Büsche. Aber wehe euch, wenn die Flasche leer sein sollte bis ich zurück bin. Einer von euch übernimmt inzwischen hier das Fenster."

Mit diesen Worten ging der Mann zur Tür, öffnete

die provisorische Verriegelung und trat nach draußen. Ein paar rasche Schritte brachten ihn an die halbhohe Hecke, die das kleine Grundstück umgab.

Nach wie vor tobte das Gewitter durch die Nacht. Zeus schien Gefallen an der Riesmetropole gefunden zu haben.

„Pass auf, dass es nicht bei dir einschlägt", rief ihm sein Kumpan grinsend hinterher. „Wasser zieht ja bekanntlich Blitze an."

„Scherzbold", rief der Angesprochene zurück, schaute aber wie zur Sicherheit nach oben.

Genau in diesem Moment zuckten rasch hintereinander drei, vier Blitze aus den Wolken und erhellten sekundenlang den Himmel über der Stadt.

Das Krachen, das sie begleitete, jagte dem an der Tür Stehenden einen heftigen Schrecken durch die Glieder.

Er sah seinen Kumpel, der gerade draußen sein kleines Geschäft erledigen wollte, ins Stolpern geraten.

Zunächst schob er dies auf die Tatsache, dass er wohl ebenfalls erschrocken war. Als dieser jedoch mit einem Mal in die Knie sackte und seitwärts auf dem Boden kippte, wurde ihm doch etwas mulmig.

Der Blitz konnte ihn nicht getroffen haben. Das hätte anders ausgesehen, da war er sich sicher.

Besoffen konnte er auch noch nicht sein, denn sie hatten alle drei den ganzen Tag über noch nicht allzu viel getrunken.

Ohne Geld eben auch kein Alkohol. Und die Flasche in der Gartenlaube hatten sie noch gar nicht geöffnet. Warum zum Teufel stand er dann aber nicht auf?

„Max?", rief er fragend in die Hütte hinein.

„Was 'n los?", kam es zurück.

„Ich glaub mit Kalle stimmt was nicht. Ist einfach umgekippt."

„Hat ihn der Blitz erwischt?", fragte Max ironisch, als er von innen an die Tür kam.

„Quatsch nicht so blöd", raunzte ihn der andere an. „Guck doch mal wie komisch der daliegt."

„Der will uns sicher nur verarschen. Macht doch andauernd so einen Scheiß", meinte Max abwinkend. „Los Kalle, kannst wieder aufstehen. Oder willst du hier draußen übernachten?"

Doch der im Gras zusammen gekauerte Kalle gab keine Reaktion von sich.

„Ich geh jetzt mal die Pulle köpfen", rief Max mit einer provozierend singenden Stimme, um so seinen Kumpan zum Aufstehen zu bewegen, doch nach wie vor rührte sich dieser nicht.

Als in diesem Augenblick der Himmel seine Schleusen vollständig öffnete und dicke Regentropfen herunter prasselten, stampfte Max mit verärgerten Schritten auf Kalle zu.

„Jetzt lass die Verarsche und steh endlich auf", rief er, als er direkt vor ihm stand. „Ich hab keinen Bock darauf wegen deinem Scheiß hier draußen zu ersaufen."

Er bückte sich zu dem auf dem Boden Liegenden, packte ihn am Kragen seiner verschmutzten Jacke und starrte in ein vor Schreck verzerrtes, blutverschmiertes Gesicht.

Max wurde mit einem Mal übel als er den wirklichen Grund für die Regungslosigkeit seines Kumpels erkannte.

Sekunden lang verfiel er in Bewegungslosigkeit. Wie in Trance vernahm er das sich nun langsam entfernende Donnergrollen, spürte kaum, wie der Regen seine schmuddelige Kleidung durchnässte.

Verschwommene Erinnerungen kamen in ihm hoch.

„Das gibt's doch nicht", stammelte er immer wieder kopfschüttelnd vor sich hin, als er zwei Beine neben sich auftauchen sah.

Erschrocken blickte er hoch, erkannte seinen Kameraden, der ebenfalls ungläubig auf den leblosen Kalle herunter sah.

„Das gibt's doch nicht, oder?", wiederholte er sich. „Wir haben doch neulich erst zusammen an der Bibliothek ein paar Flaschen geleert. Er war doch quietsch fidel … bis diese Typen…"

Erschrocken sah er sich um. Sein Blick huschte nervös von einer Ecke in die andere. Dann rief er panisch:

„Scheiße, Mann. Das war bestimmt dieser kleine Schnösel den sich die Bullen gekrallt haben."

„Ach was", meinte sein Freund, der neben ihm stand und sich noch genau an die Szene erinnerte.

„Der Junge hat sich doch nur so aufgespielt weil er gesoffen hatte. Das halbstarke Gequatsche kann man doch nicht für voll nehmen."

„Aber Kalle ist tot. Den hat jemand abgeknallt. Schau dir doch mal sein Gesicht an."

Tränen liefen über Max' Gesicht. Ob aus Trauer oder aus Wut konnte der andere nicht deuten. Es war wohl beides.

Plötzlich schien Panik von Max Besitz zu ergreifen. Wie von der Tarantel gestochen erhob er sich aus seiner knieenden Haltung, wischte sich die regennassen Haare aus der Stirn und blickte nervös in alle Richtungen der Kleingartenanlage.

„Was", so fragte er hektisch, „wenn der noch da ist?"

„Wenn wer noch da ist?", kam die Gegenfrage zurück.

„Na, der Typ der Kalle eben abgeknallt hat."

Wie zum Selbstschutz versuchte er seine beiden Arme um den eigenen Oberkörper zu schlingen.

Jetzt erst merkte sein Kamerad, dass Max am ganzen Körper zitterte.

„Ruhig, Max", versuchte er ihm seine Angst zu nehmen. „Wenn er uns auch erwischen wollte, wäre das längst passiert, so lange wie wir hier schon rumstehen."

Er packte Max am Arm und zog ihn mit sich zum Ausgang des kleinen Grundstücks.

„Dem Kalle kann keiner mehr helfen", sprach er mit leiser Stimme.

„Wir klingeln jetzt den Nächstbesten aus dem Bett und rufen die Bullen an. Hoffentlich erwischen die den Saukerl. Das ist das Letzte, das wir für unseren Kumpel tun können."

18. Kapitel

Nachdem Peter Neumann die halbe Nacht im Netzwerk des BKA recherchiert hatte, entgegen seinen Erwartungen allerdings nichts über den sogenannten Wächter in Erfahrung bringen konnte, blieb in seinen Augen nur die Möglichkeit, direkt vor Ort Nachforschungen anzustellen.

Irgendwann in den frühen Morgenstunden hatte er sich noch für ein paar Stunden in den Bereitschaftsräumen des Augsburger Kriminalkommissariats aufs Ohr gelegt. Er tat dies manchmal, wenn sich das nachhause Fahren nicht mehr rentierte.

Als Robert Markowitsch gegen halb neun Uhr in seinem Büro auftauchte, informierte ihn Neumann über seinen erfolglosen Nachteinsatz am Computer.

„Das muss ja richtig deprimierend für sie gewesen sein, Neumann", meinte der Hauptkommissar.

„Ja, kann man so sagen, Chef", gab dieser etwas zerknirscht zu. „Aber es scheint keinerlei Hinweise darauf zu geben, woher der Mann kommt, beziehungsweise was er bis zum Zeitpunkt seines Auftauchens in Nördlingen getan hat.

Deshalb werde ich mir einmal diesen Karl Kübler zu Gemüte führen."

„Den Stadtrat?", fragte Markowitsch verwundert. „Was hat der denn damit am Hut?"

Peter Neumann klärte seinen Vorgesetzten mit

knappen Worten darüber auf, was er am Vortag in Nördlingen erfahren hatte.

„Die scheinen ja recht sorglos damit umzugehen", murmelte Markowitsch vor sich hin, als sich die Tür zu seinem Büro öffnete und Oberstaatsanwalt Frank Berger eintrat.

„Guten Morgen die Herren", grüßte er nur kurz. „Vernehme ich soeben das Wort *sorglos* aus ihrem Munde, Markowitsch? Weshalb sind sie beide immer noch hier?"

„Guten Morgen Herr Berger", grüßte der Hauptkommissar zurück. „Wenn ich ihr persönliches Erscheinen um diese Zeit richtig deute, vergesse ich die Sorglosigkeit am besten gleich wieder", grinste er. „Oder kommen sie nur zum Kaffee trinken?"

Robert Markowitsch deutete auf die Maschine, die auf einem Sideboard in der anderen Ecke des Büros stand.

„Bedienen sie sich. Und was sollte die Bemerkung eben, weshalb wir immer noch hier sind?"

„Danke, ich hatte schon", meinte Berger nur kurz angebunden. Er stand mit einer Hand in der Hosentasche inmitten des Büros, als er weitersprach.

„Mir ist der Appetit aufs Frühstücken bereits vergangen, nachdem ich noch im Schlafanzug erfahren musste, dass in Nördlingen scheinbar ein Serienmörder sein Unwesen treibt."

Robert Markowitsch hätte sich beinahe an seinem Kaffe verschluckt, als er die Worte aus dem Munde des Oberstaatsanwalts vernahm.

„Serienmörder?", fragte er verwundert. „Wie kommen sie denn darauf, Berger?"

„Es gab einen weiteren Toten", redete sich Frank Berger schon fast in Hektik. „In Nördlingen scheinen Zustände wie im wilden Westen zu herrschen. Da ballert einer nachts in der Gegend herum, knallt einfach die Leute ab und raubt mir meinen wohlverdienten Schlaf."

Er sah dabei die verwunderten Blicke der beiden Kriminalbeamten.

„Sagen sie bloß meine Herren, dass sie darüber noch nicht informiert sind?", fragte Frank Berger überrascht.

„Bisher noch nicht"; gab Markowitsch zu. „Oder wissen sie etwas davon, Neumann", schickte er mit einem Blick auf seinen EDV-Spezialisten hinterher.

„Nein, keine Ahnung", antwortete dieser und hatte bereits den Hörer von Markowitsch's Dienstapparat in der Hand. „Denn dann hätte ich sie mit Sicherheit auch aus dem Schlafanzug geholt, Chef."

„Scheint irgendwo ein Knoten im Dienstweg vorhanden zu sein", ärgerte sich Frank Berger. „Als das Ganze passiert sein muss, saßen einige Herrschaften der Nördlinger High Society bei einer Veranstaltung zusammen, die sich auf Grund des heftigen Gewitters in der vergangenen Nacht unfreiwillig hinausgezögert hatte.

Der Landrat persönlich hat mich aus dem Bett geholt. Wahrscheinlich ist er davon ausgegangen, dass ich sie informiere."

„Was hiermit auch geschehen ist", meinte Markowitsch mit einem Blick auf seinen Assistenten, der soeben den Hörer zurück legte.

„Was haben wir, Neumann?"

„Einen toten Stadtstreicher", antwortete dieser. „Erschossen in einer Kleingartenanlage. Seine beiden Kumpane, die sich, wie man so schön sagt, widerrechtlich dort mit ihm Zugang zu einer der Gartenlauben verschafft hatten, haben über einen Anwohner in der Nähe die Nördlinger Kollegen verständigt.

Diese wiederum informierten ihren Vorgesetzten, der sich unter anderem mit dem Oberbürgermeister und dem Landrat bei einer Veranstaltung befand."

„Aha", sprach Markowitsch, als er sich von seinem Platz erhob. „Daher also scheinbar die Verdrehung der Informationsreihenfolge, Herr Berger. Ich nehme an, dass die Kollegen der Spurensicherung auch noch nichts wissen?"

„Wenn der Herr Landrat davon ausgegangen ist, dass ich alles Weitere in die Wege leite, dann nehmen sie richtig an", grummelte der Oberstaatsanwalt.

„Ok", sagte der Hauptkommissar. „Das übernehmen wir von unterwegs. Ich werde Zacher persönlich verständigen."

„Dann viel Erfolg", meinte Frank Berger. „Und sehen sie zu, dass das Ganze nicht eskaliert. Ich will keinen Skandal in meinem Zuständigkeitsbereich. Zwei Tote genügen."

„Wir werden sehen", antwortete Markowitsch, als er gemeinsam mit Peter Neumann sein Büro verließ.

Etwa eine Stunde später trafen die beiden Kripobeamten an der Nördlinger Kleingartenanlage ein, kurz darauf fuhren auch die beiden Fahrzeuge der Spurensicherung vor.

Die Beamten erkannten, dass sich auch eine Mannschaft der Feuerwehr vor Ort befand. Der Brandgeruch, den sie schon einige hundert Meter vor Erreichen des Einsatzortes wahrgenommen hatten, deutete auf einen größeren Einsatz hin.

„Blitzschlag?", fragte Robert Markowitsch, als er mit Peter Neumann die Absperrung hinter sich gelassen hatte und dem Tatort näherte.

Er richtete seine Frage an Markus Wagner, den er als einen der Polizeibeamten erkannt hatte.

„Nein, Herr Hauptkommissar", gab dieser zur Antwort. „Laut Aussage des Einsatzleiters der Feuerwehr wurde das Gartenhaus wohl angezündet. Die Spuren deuten seiner Meinung darauf hin."

„Danke", antwortete Markowitsch. „Unsere Kollegen von der Spurensicherung werden dies gemeinsam mit den Leuten abklären. Wo ist der Tote?"

„Liegt noch immer hier drüben", deutete Markus Wagner hinter sich und bat den Hauptkommissar zu einem etwa fünfzig Meter weiter liegenden Grundstück.

Alfred Zacher, der Leiter der Spurensicherung kam mit seinen drei Kollegen den Weg zwischen den kleinen Grundstücken hindurch. Alle vier hatten sich mit entsprechender Schutzkleidung ausgestattet.

Während diese sich sofort an ihre Arbeit machten,

113

informierte sich Zacher zunächst beim Einsatzleiter der Feuerwehr über die bisher bekannten Details.

„Wir gehen von Brandstiftung aus", meinte dieser. „Ich tippe mal auf ganz normalen Autosprit, der sich wahrscheinlich in diesem Kanister befunden hatte."

Er deutete auf die verschmorten Überreste eines Blechkanisters, welchen man in der vollkommen niedergebrannten Gartenlaube entdeckt hatte.

„Wir hatten Mühe, die angrenzenden Häuser zu schützen", deutete er mit der Hand auf die angrenzenden Grundstücke.

„Bei einem ist uns dies leider nicht rechtzeitig gelungen. Der Rest blieb Gott sei Dank verschont."

Alfred Zacher besah sich das halb zerstörte Häuschen auf dem betroffenen Grundstück nebenan.

Die ganze Umgebung stand förmlich unter Wasser, was nicht nur durch den Gewitterregen der vergangenen Nacht verursacht worden war.

„Hoffentlich finden wir hier noch verwertbare Spuren", kratzte sich Zacher am Hinterkopf, während er zwei seiner Kollegen dabei beobachtete, wie diese sich vorsichtig zwischen den verkohlten Holzresten bewegten.

Der dritte von ihnen hatte sich gemeinsam mit Robert Markowitsch, Peter Neumann und dem Nördlinger Polizeibeamten zum Fundort des Ermordeten begeben.

Als Alfred Zacher sich ebenfalls auf den Weg dorthin machte, wurde er von einem seiner Kollegen zurück gerufen.

„Herr Zacher. Kommen sie bitte mal kurz?", hörte er ihn rufen.

Der Leiter der Spurensicherung stapfte durch den morastigen Boden auf das abgebrannt Gartenhaus zu. Erstaunt betrachtete er sich den Gegenstand, der zwischen den Überresten der Einrichtung hervorschaute.

Zacher hob kurz seinen Kopf und sah sich um.

„Markowitsch", rief er laut über das Gelände.

„Soll ich ihnen beim Suchen helfen, Zacher?", fragte der Hauptkommissar, als er kurz darauf dem Leiter der Spurensicherung gegenüber stand.

„Das kann ich alleine", meinte dieser. „Meine Augen sind noch gut genug. Sehen sie mal", deutete er auf den Boden. „Ich denke, das könnte höchst interessant für sie sein."

Robert Markowitsch folgte mit seinen Augen dem Fingerzeig Alfred Zachers und entdeckte nun ebenfalls den Gewehrlauf.

„Oha", meinte er. „Na, dann holen sie das Ding mal raus."

Zacher ließ sich eine Plastikfolie bringen, mit der er vorsichtig den Lauf fasste und ein am Schaft teilweise verkohltes Gewehr aus den Trümmern hervorzog.

Markowitsch betrachtete sich einige Augenblicke lang die Waffe in Zachers Händen.

„Seltsam", sagte er zum Kollegen der Spurensicherung. „Meinen sie nicht, Zacher? Entweder hat es hier jemand furchtbar eilig gehabt, oder dieser Jemand ist einfach nur dumm."

„Schwer zu sagen", gab Zacher zur Antwort.

„Aber wir werden es herausfinden. Dazu sind wir schließlich hier."

„Wie kommt so ein Ding überhaupt hierher?", fragte Markowitsch.

„Kann ich ihnen noch nicht beantworten", gab Zacher zurück. „Das sollten eigentlich sie herausfinden."

„Werde ich tun, Zacher, darauf können sie sich verlassen", murmelte der Kriminalbeamte und sah sich um.

Er winkte einen der Nördlinger Kollegen zu sich.

„Können sie mir sagen, wem dieses Grundstück gehört?", fragte er ihn.

„Nein", kam die Antwort, aber ich werde mich sofort danach erkundigen."

„Machen sie das", sprach Markowitsch. „Wenn möglich sofort."

„Selbstverständlich, Herr Hauptkommissar", gab der Mann zurück und eilte davon, um schon kurze Zeit später mit der Antwort zurück zu kommen.

„Der Pächter des Grundstücks ist Karl Kübler, Herr Markowitsch. Ihm gehören auch die beiden angrenzenden Gärten."

„Danke Herr Kollege. Kennen sie diesen Kübler?"

„Ich weiß nur, dass er im Stadtrat sitzt und Pächter eines Jagdgrundstücks ist", gab der Polizeibeamte zur Antwort.

„Gut, vielen Dank", entließ Markowitsch den Kollegen und wandte sich mit fragendem Blick wieder Alfred Zacher zu.

„Das hier ist aber doch mit Sicherheit keine Jagd-
waffe, Zacher. Oder irre ich mich?"

Robert Markowitsch deutete auf das Fundstück,
das Alfred Zacher noch immer genauer betrachtend in
seinen Händen hielt.

„Kommt ganz darauf an was oder wen sie jagen
wollen", sprach Zacher zweideutig. „Bei dieser Waffe
handelt es sich eindeutig um ein Präzisionsgewehr,
Kaliber 7,62. Woher es stammt kann ich erst nach
einer genaueren Untersuchung sagen, wenn überhaupt."

„Wer ist denn so krank und knallt mit einem
Scharfschützengewehr einen Obdachlosen ab?", sinnierte Markowitsch und sah Zacher erneut an.

„Ihr Kollege meinte vorhin, dass der Tote einem
glatten Durchschuss erlegen ist."

Robert Markowitsch deutete dabei auf seinen Hals.

„Ein Blattschuss war das also eher nicht", meinte
er.

„Da wollte einer wohl ganz sicher gehen. Wir werden uns also mal diesen Kübler vornehmen.

Wurde der eigentlich schon über die Sache hier informiert? Wundert mich, dass er noch nicht aufgetaucht ist."

„Bin ich hier etwa daheim, Markowitsch? Fragen
sie das besser die Nördlinger Kollegen. Ich habe genügend anderes zu tun", gab Zacher zur Antwort.

„Das werde ich, Zacher, das werde ich."

Er winkte seinen Kollegen heran.

„Kommen sie Neumann, wir fahren zurück nach

117

Augsburg. Oder gibt es hier noch irgendetwas, das unsere persönliche Anwesenheit erfordert?"

„Nichts, das nicht auch die Kollegen hier erledigen könnten", antwortete der Angesprochene. „Weshalb so eilig, Herr Hauptkommissar?"

„Weil ich mich mit Oberstaatsanwalt Berger kurzschließen möchte, um nicht irgendwelche politische Querelen hervorzurufen.

Und wenn dies geschehen ist, dann bestellen sie mir diesen Karl Kübler zur Vernehmung ins Kommissariat. Mich würde brennend interessieren, was er zu unserem Fund in seiner Gartenlaube zu sagen hat."

„Und ich werde mich nochmal in die Tiefen der elektronischen Archive begeben", antwortete Peter Neumann.

„Es will mir nämlich nicht in den Sinn, dass es keinerlei Informationen über diesen Paul Ledermacher geben soll."

„Ledermacher?", fragte Robert Markowitsch mit hochgezogenen Augenbrauen, als er hinter dem Steuer seines Wagens Platz genommen hatte.

„Genau", gab Neumann zurück. „Paul Ledermacher alias *der Wächter.*"

„Klingt ja sehr geheimnisvoll, mit was sie sich da beschäftigen, Neumann", meinte Markowitsch grinsend. „Na, dann sehen sie mal zu, dass sie das Geheimnis lüften."

„Worauf sie sich verlassen können", antwortete Peter Neumann mit einer Bestimmtheit, die keinen Zweifel offen ließ.

„So unbeschrieben kann ein Blatt gar nicht sein, als dass ich es nicht finden würde."

19. Kapitel

Karl Kübler betrat Tags darauf am Nachmittag mit einem teils mulmigen, teils aber auch entschlossenem Gefühl das Gebäude der Augsburger Kriminalpolizei.

Er war fest davon überzeugt, diesen Kripobeamten eine Geschichte zu präsentieren, die keine Zweifel an seiner Glaubwürdigkeit aufkommen lassen würde. Nachdem man ihm den Weg zum Büro der Mordkommission erklärt hatte, stand er kurz darauf vor der Tür, an deren Schild er las:

Robert Markowitsch, Hauptkommissar.

Er klopfte kurz an, wartete einen Augenblick, um dann jedoch unaufgefordert einzutreten.

Markowitsch saß hinter seinem Schreibtisch, einige Akten vor sich liegend.

Als er den Mann eintreten sah, blickte er kurz auf seine Uhr und meinte fragend:

„Herr Kübler, nehme ich an?"

„Karl Kübler, Herr Markowitsch. Man sagte mir, dass sie mich sprechen wollten?"

„Das ist richtig, Herr Kübler. Nehmen sie bitte Platz", antwortete der Leiter der Augsburger Kripo und deutete auf den Stuhl vor seinem Schreibtisch.

Zunächst jedoch holte der Besucher einen Faxausdruck aus seinem Jackett hervor, legte diesen auf dem Schreibtisch vor Robert Markowitsch ab und meinte dabei etwas barsch:

„Sie haben mich in meinem Geschäft in eine ganz schön kompromittierende Situation gebracht. Wäre es denn nicht auch etwas weniger offiziell gegangen?"

Markowitsch betrachtete sich das Schriftstück, in welchem er die kurzfristige Vorladung von Karl Kübler erkannte.

„Tut mir leid Herr Kübler. Aber nachdem es sich in diesem Fall um eine äußerst dringende Befragung zur Klärung des Sachverhaltes in der Nördlinger Kleingartenanlage geht, sah ich Eile geboten.

Normalerweise lasse ich Vorladungen per Boten zustellen, in diesem Fall ist wie gesagt jedoch Eile geboten. Und dann ist ein Fax nun einmal schneller als ein Zustellbote."

„Gut, lassen wir das", winkte Kübler mit großzügiger Geste ab, sah dabei jedoch auf seine Uhr.

„Womit kann ich ihnen helfen?"

Der Hauptkommissar bemühte sich, den sarkastischen Unterton in der Stimme seines Besuchers zu überhören. Er deutete nochmals auf den Stuhl gegenüber seinem Schreibtisch.

„Indem ich sie nochmals bitte Platz zu nehmen und mir einige Fragen zu beantworten", sagte er ruhig.

Karl Kübler zog den Stuhl etwas zur Seite und setzte sich so nieder, als müsste er bereit sein, jeden Moment wieder aufzuspringen.

„Sie wollen sicherlich von mir wissen wo ich gestern Abend war, als diese Landstreicher in eines der Häuser in der Gartenanlage eingebrochen sind und dabei einer von ihnen erschossen wurde.

Nun, da kann ich ihnen kurz und knapp sagen, dass ich mich zu diesem Zeitpunkt auf der Pirsch befand."

Markowitsch hatte während der kurzen Erklärung Karl Küblers seine Augen zu zwei engen Schlitzen zusammen gekniffen. Er mochte diese selbstsichere Art der Aussprache nicht, mit der sich Kübler ihm gegenüber äußerte.

„Auf der Pirsch oder auf der Jagd?", fragte er ihn mit einem zweideutigen Unterton, der den Nördlinger Stadtrat zusammenzucken ließ.

„Was wollen sie mit dieser Frage andeuten, Herr Markowitsch?", entgegnete er mit einem scharfen Unterton in seiner Stimme.

„Nun ja", meinte Markowitsch lächelnd. „Diese beiden Bezeichnungen unterscheiden sich ja in ihrer Bedeutung."

„Ach", meinte Karl Kübler erstaunt fragend. „Sie sind vom Fach?"

„Wenn sie es so bezeichnen wollen, Herr Kübler, ja. Irgendwie sind wir von der Polizei doch auch stets auf der Pirsch oder auf der Jagd.

Sehen sie: ich zum Beispiel befinde mich momentan auf der Pirsch, versuche den Täter zu finden, der in Nördlingen seine Spuren hinterlässt.

Sobald sich die Anzeichen verdichten, dass ich diese Spuren richtig deuten kann, dann begebe ich mich auf die Jagd um ihn zu stellen und dingfest zu machen."

Karl Kübler war sichtlich erstaunt über die Auslegung des Kriminalhauptkommissars.

„Interessant, wie sie die Dinge erklären, Herr Markowitsch", meinte er.

„Es gibt allerdings einen Unterschied dabei. Ich gehe nicht auf die Jagd um meine *Beute* dingfest zu machen, wie sie es ausdrücken, sondern um sie zu erlegen."

„Dessen bin ich mir sicher", gab Markowitsch unumwunden zu.

„Was wollen sie mit ihren Andeutungen bezwecken, Herr Kommissar? Haben sie mich offiziell hier vorladen lassen, um mit mir über die Jagd zu sprechen?", fragte Karl Kübler nun etwas gereizt.

„In gewisser Weise schon", gab Markowitsch bei und breitete einige Fotos aus den Unterlagen von seinem Schreibtisch vor Kübler aus.

„Können sie mir erklären, wie diese Waffe in ihre Gartenlaube gelangt ist, Herr Kübler?"

Ohne jede Regung im Gesicht besah sich der Angesprochene die Fotografien, bevor er antwortete.

„Tut mir leid Herr Markowitsch. Ich habe nicht die geringste Ahnung. Weshalb fragen sie?"

„Können sie sich das denn nicht denken?", hakte Markowitsch nach. „Immerhin handelt es sich hierbei um kein *normales* Jagdgewehr, jedenfalls nicht im Sinne der Jägersprache.

Dieses Gewehr wird laut Aussage unserer Spurensicherung als Präzisionswaffe unter anderem auch beim Militär verwendet."

„Tja, da kann ich ihnen leider nicht weiterhelfen“, meinte Kübler schulterzuckend.

„Ich bin zwar ein Waffennarr, wie man in gewissen Kreisen Nördlingens so sagt, aber meine Liebe dahin geht nicht soweit, als dass ich mir unrechtmäßig irgendwelche illegalen Teile beschaffe.

Möglicherweise hat irgendeiner von diesem Gesindel, das sich immer wieder in der Gartenanlage herumtreibt, das Ding dort abgelegt, nachdem er einen dieser Säufer abgeknallt hatte, die kurz zuvor dort eingebrochen waren.“

„Ach“, fragte der Hauptkommissar. „Sie wissen davon?“

„Aber sicher, Herr Markowitsch, wo denken sie hin?“

Karl Kübler setzte ein selbstbewusstes Lächeln auf.

„Selbstverständlich wurde ich von unseren Polizeibeamten in Nördlingen ausführlich aufgeklärt. Man kennt mich schließlich.“

„Gut“, meinte Markowitsch. „Mich wundert in diesem Fall nur, dass sich ihr, sagen wir mal Untermieter, gestern Nacht nicht in dieser Kleingartenanlage aufgehalten hat.

Dabei lassen sie ihn doch gerade deshalb da draußen wohnen, wie man uns mitgeteilt hat.“

Der Nördlinger Stadtrat versuchte ein betroffenes Gesicht zu zeigen.

„Das ist richtig“, meinte er. „Allerdings scheint er seit kurzem wie vom Erdboden verschwunden zu sein. Genau seit dem Abend, als dieser junge Mann in der Fußgängerzone erschossen wurde. Ich habe da auch schon meine größten Bedenken geäußert."

„Und sie haben keinen Anhaltspunkt, wo sich Paul Ledermacher, oder auch *der Wächter* wie man ihn in Nördlingen nennt, momentan aufhalten könnte?"

„Nicht den geringsten. Tut mir leid, Herr Markowitsch."

„Nun gut. Das war es dann für diesen Moment. Vielen Dank für ihre Aussage, Herr Kübler. Ich werde bei Bedarf noch einmal auf sie zukommen", verabschiedete Robert Markowitsch den Mann.

„Jederzeit gerne", antwortete dieser, erhob sich von seinem Platz und verließ das Büro.

Der Leiter der Augsburger Kripo jedoch saß mit verschränkten Armen in seinem Sessel und ließ sich alle Einzelheiten des Gesprächs noch einmal durch den Kopf gehen.

Irgendetwas passte hier nicht. Aber was?

Markowitsch vertraute auf sein Gespür und dies sagte ihm, dass er sich nicht mit dieser aalglatten Art und Weise des Karl Kübler anfreunden sollte.

Zu selbstsicher, fast schon wie vorbereitet, erschien ihm das Gespräch von eben.

Er entschloss sich kurzerhand dazu, seinen EDV-Spezialisten etwas in der Vergangenheit Karl Küblers recherchieren zu lassen.

20. Kapitel

Carola Böckler saß am Frühstückstisch und hatte die Rieser Nachrichten aufgeschlagen vor sich liegen.

Die Schlagzeile der Titelseite verwies natürlich auf einen Artikel des Lokalteils mit den Ereignissen der vorletzten Nacht.

Seufzend blickte Frau Böckler, die Vorsitzende des Vereins Alt-Nördlingen, auf ihren Mann. Sorgenfalten zeigten sich auf ihrer Stirn. Sie erinnerte sich ganz genau daran, als Martin Steger vorgestern Abend während der Vereinssitzung geholt wurde.

Zunächst waren die Anwesenden etwas verärgert darüber, dass die Abschlussbesprechung zur Premiere des diesjährigen Theaterstücks an der Freilichtbühne unterbrochen wurde.

Als der OB allerdings mit kalkweisem Gesicht in den Raum zurückkehrte, um die Anwesenden über den Grund der Unterbrechung zu informieren, war die bis dahin positive Stimmung jäh dahin.

Keiner der Beteiligten sah sich mehr in der Lage, die Gespräche zu Ende zu führen. Das Meiste war ohnehin besprochen. Lediglich die Frage eines Abbruchs auf Grund der unsicheren Wetterlage galt es noch zu klären. Man entschloss sich dazu, dies anhand der Lage vor Ort kurzfristig zu entscheiden.

„Ich hoffe nur, dass sich die momentane Stimmung in Nördlingen nicht allzu negativ auf unsere Saison auswirkt", meinte Carola Böckler zu ihrem Mann.

„Hoffentlich geht die Premiere dadurch nicht den Bach hinunter."

„Wieso sollte sie?", fragte Herr Böckler zurück. „Sind doch lauter geladene Gäste anwesend. Also gibt es von dieser Seite her doch keinen Grund zur Sorge."

„Schon", antwortete seine Frau. „Ich hoffe nur, dass die Konzentration der Darsteller nicht unter der Situation leidet. Seit Tagen reden alle nur noch von Mord und Totschlag in Nördlingen und nicht mehr von unserem Stück in der Alten Bastei."

Carola Böckler nagte an ihrer Unterlippe und sah mit zweifelndem Blick auf ihren Mann.

„Na, dann warte doch ganz einfach die General- probe heute Abend ab", meinte dieser. „Sie ist schließ- lich dazu da, um noch eventuelle Missstände zu korri- gieren."

„Schon", gab Carola zu. „Allerdings bleiben bis zur Premierenvorstellung dann nur noch zwei Tage. Zu kurz in meinen Augen, um mentale Dinge noch än- dern zu können."

„Ach was", winkte ihr Mann ab. „Das sind doch überwiegend erfahrene Leute, die nicht das erste Mal auf der Bühne stehen. Mit vielen arbeitet ihr seit Jah- ren zusammen.

Außerdem ist gerade zu diesem Zeitpunkt die Auf- führung in der Freilichtbühne die passende Abwechs- lung in Nördlingen. Das bringt die Menschen auf andere Gedanken."

„Dein Wort in Gottes Gehör", meinte Carola Böckler, erhob sich von ihrem Platz und begann damit, den Frühstückstisch abzuräumen.

21. Kapitel

Etwa zur gleichen Zeit betrat Robert Markowitsch sein Büro im Gebäude des Augsburger Kriminalkommissariats und begann mit seinem morgendliches Kafferitual.

Nachdem er gerade die Kaffedose auf dem Sideboard abgestellt hatte, öffnete sich nach kurzem Klopfen die Türe und Peter Neumann betrat den Raum.

„Morgen Chef", begrüßte er kurz den Hauptkommissar.

Robert Markowitsch gab den Gruß zurück, als er sich seinen Mitarbeiter etwas genauer betrachtete. Die leicht geröteten Augen ließen darauf hindeuten, dass Peter Neumann die vergangene Nacht, oder zumindest einen Großteil davon vor dem Computer verbracht hatte.

Markowitsch konnte dies mittlerweile sehr gut einschätzen, nachdem es solche Situationen schon einige Male gegeben hatte.

„Sie sehen aus, als hätten sie eine lange Nacht mit ihrem Liebling verbracht, Neumann."

„Sieht man mir das an?", grinste Peter Neumann zurück, streckte beide Arme in die Luft und gähnte herzhaft.

„Unweigerlich", gab der Hauptkommissar zurück, nahm eine zweite Tasse zur Hand und bot seinem Kollegen einen Stuhl am Schreibtisch an.

„Setzen sie sich. Kaffee ist gleich soweit.“

„Danke“, meinte Neumann. „Ich hatte zwar heute Nacht schon einige Becherchen, aber die Automatenbrühe ist auch nicht gerade das Gelbe vom Ei. Da lobe ich mir doch einen aus der Kanne meines Chefs.“

„Nun übertreiben sie mal nicht gleich so, Neumann“, winkte Markowitsch ab. „Setzen sie sich lieber und erzählen sie mir, was sie dazu bewogen hat, eine Nachtschicht einzulegen.“

„Ehrgeiz und die Ruhe der Nacht“, antwortete Peter Neumann. „Ich kann mich am besten mit meinem Baby beschäftigen, wenn nicht dauernd irgendjemand irgendetwas von mir will.“

„Dann hoffe ich mal, dass ihre Anstrengungen auch zum gewünschten Ergebnis geführt haben“, sprach Markowitsch. „Dann schießen sie mal los und anschließend hauen sie ab nach Hause und legen sich aufs Ohr.“

„Das geht schon“, meinte Neumann. „Ich habe mir zwischendurch zwei Stunden auf der Liege bei den Kollegen von der Bereitschaft gegönnt. Alles bestens.“

„Na dann“, meinte Markowitsch mit einem Schulterzucken, als er das Gurgeln der Kaffeemaschine vernahm. Er erhob sich und holte die Kaffeekanne an seinen Schreibtisch, um die beiden Tassen einzuschenken.

Nachdem er die Kanne auf ihren Platz zurückgestellt hatte, setzte er sich hinter seinen Schreibtisch und nahm seine Tasse mit dem dampfenden Gebräu zur Hand.

Während er den ersten Schluck zu sich nahm, betrachtete er über den Rand des Keramikbechers seinen Kollegen.

„Wissen sie Neumann", begann er etwas nachdenklich, „vor zwanzig Jahren war es oft an der Tagesordnung, mal die eine oder andere Nacht durch zu schuften. Ich glaube, heute könnte ich das nicht mehr."

Peter Neumann stellte seinen Kaffee auf dem Schreibtisch ab.

„Kein Problem Herr Hauptkommissar. Dafür haben sie ja mich als jungen, dynamischen Mitarbeiter eingestellt, um ihnen diese Last von den Schultern zu nehmen."

Nach einigen Sekunden Stille meinte Robert Markowitsch:

„Noch eine solch respektlose Aussage ihrem Vorgesetzten gegenüber, Herr Neumann, und dieser Vorgesetzte lässt sie in die Nachtschicht versetzen."

Markowitsch' s Augen blitzten in einer Art und Weise, die Peter Neumann mittlerweile sehr genau deuten konnte. Er konnte die Nuancen sehr genau unterscheiden, wann es sein Chef ernst meinte und wann er zu einem Späßchen aufgelegt war. Er lächelte deshalb still vor sich hin.

„Genug geplaudert", meinte Markowitsch einen Augenblick später. „Kommen wir zum Kern der Sache, Neumann. Was haben sie für mich?"

Peter Neumann lehnte sich etwas in seinem Stuhl zurück und schlug die Beine übereinander.

„Noch nicht allzu viel", meinte er mit einer drehenden Handbewegung, aber immerhin einige interessante Details, auf denen sich aufbauen lässt."

Hauptkommissar Robert Markowitsch zog die Augenbrauen nach oben und sah seinen Kollegen erwartungsvoll fragend an.

„Die Weiten des Cyberspace sind unendlich", schmunzelte Neumann, der ganz genau wusste, wie er Markowitsch zur Weißglut treiben konnte.

„Ich werde sie auf der Stelle in die unendlichen Weiten des Weltalls katapultieren lassen, Neumann, wenn sie nicht auf der Stelle in verständlichem Ton mit einem alten Mann reden."

„Also gut", hob Peter Neumann beschwichtigend seine Arme. „Diese Kosten will ich dem Steuerzahler natürlich nicht zumuten."

Er nahm eine etwas bequemere Haltung ein und begann anschließend mit seinen Erklärungen.

„Die meiste Zeit heute Nacht habe ich mich mit kulturellen Dingen beschäftigt", begann er zu erklären. Als er Markowitsch's unverständlichen Gesichtsausdruck bemerkte meinte er sogleich:

„Mir ging die Bemerkung eines Kollegen aus Nördlingen nicht aus dem Kopf, als ich ihn nach diesem Wächter befragt habe. Dabei stellte sich heraus, dass dieser sehr wohl namentlich bekannt ist. Jedoch kann niemand etwas mit dem Namen *Paul Ledermcher* anfangen."

Robert Markowitsch beugte sich in seinem Sessel nach vorn und meinte:

„Und sie Neumann, haben diesen Ledermacher nun heute Nacht in ihrer elektronischen Welt ausfindig gemacht und dabei herausgefunden, dass er der Mann ist den wir suchen?"

„Nein, Chef", lachte Neumann, „leider nicht ganz. Wenn jeder Fall so einfach zu lösen wäre, gäbe es wohl lauter EDVler und keine normalen Polizeibeamten mehr.

Aber sie vermuten richtig. Etwas darüber habe ich scheinbar tatsächlich herausgefunden. Die Bemerkung des Nördlinger Kollegen bezog sich auf die sogenannten Hausnamen, und genau in dieser Richtung habe ich gesucht."

„Und sind auch fündig geworden?", schickte der Hauptkommissar seine Frage hinterher.

„Möglicherweise ja", antwortete sein junger Kollege. „Wobei ich mich zunächst wohl ziemlich lange auf der falschen Spur befunden habe.

Meine Recherchen nach einem Hausnamen *Ledermacher* führten mehr oder weniger zu nichts. Erst als ich mich mit anderen Erklärungen befasst habe, die sich nicht um Namen sondern nur um den Begriff drehten, ging mir langsam aber sicher ein Licht auf."

Robert Markowitsch wurde etwas ungeduldig. Er wusste zwar, dass Peter Neumann manchmal zu ausschweifenden Erklärungen neigte, hatte aber momentan keine Lust darauf, sich kaugummilange Erzählungen anzuhören.

„Na", meinte er deshalb, „und wohin hat sie dieses Licht denn letztendlich geführt, Neumann?"

133

Peter Neumann seufzte, als er die Ungeduld in Markowitsch' s Augen erkannte.

„Dorthin, dass es sich bei Ledermacher wahrscheinlich gar nicht um Ledermacher handelt."

„Und wie genau ist das zu verstehen?", bohrte Markowitsch nach.

„Liegt doch auf der Hand, Herr Markowitsch. Leder-ma-cher, man könnte auch sagen: Satt-ler oder Ger-ber, oder Schu-ster."

Robert Markowitsch sah seinen Kollegen nachdenklich an.

„Sie glauben an ein Synonym?"

„Ja", gab Neumann zur Antwort. „So etwas ähnliches."

„Neu-mann", sprach Markowitsch mit drohendem Unterton, „sie wissen doch sicherlich noch mehr, als sie mir bisher erzählt haben. Wollen sie ihre Erklärungen bis zu meiner Pensionierung ausdehnen?"

„Keine Bange Herr Hauptkommissar, ich komme gleich zum Wesentlichen, nämlich zu Karl Kübler."

Markowitsch horchte auf.

„Kübler?", fragte er.

„Ja", meinte Neumann. „Selbstverständlich recherchiere ich in alle Richtungen, wenn ich mich mit einem Fall beschäftige. Allerdings habe ich keinerlei Beziehung zwischen Kübler und Ledermacher finden können."

„Wie jetzt …", fragte Markowitsch irritiert nach.

„Aber", unterbrach ihn Neumann sofort wieder, „es gab vor vielen Jahren eine merkwürdige Geschichte zwischen Karl Kübler und einer gewissen Familie Sattler."

Markowitsch überlegte einen Moment lang, bevor er zu Peter Neumann sagte:

„Langsam verstehe ich, worauf sie hinaus wollen. Aber was bestätigt sie in ihrer Annahme, dass diese scheinbar alte Geschichte mit unserem aktuellen Fall zusammenhängen könnte?"

„Die Tatsache, dass damals die Familie Sattler fast vollständig ausgelöscht wurde. So ist es jedenfalls in den alten Archiven zu finden. Und aus dem Nördlinger Stadtarchiv konnte ich erfahren, dass diese Familie Sattler in der Vergangenheit in Nördlingen auch unter dem Hausnamen *Ledermacher* bekannt war."

„Neumann", murrte Markowitsch deutlich. „Sie wissen, dass ich dieses inoffizielle Eindringen in fremde EDV-Systeme nicht gut heiße. Wie soll ich das denn Berger wieder klar machen wenn etwas heraus kommt?"

„Herr Hauptkommissar", meinte Peter Neumann. „Ich habe in der Vergangenheit hier bei ihnen gelernt, dass bei ihren Ermittlungen im Zweifelsfalle immer Gefahr im Verzug herrscht. Dies würde ich auch gegenüber dem Herrn Oberstaatsanwalt vertreten."

Robert Markowitsch musste grinsen.

„Na gut, sie Schlaumeier", gab er schließlich zu. „Ich werde mich im Zweifelsfall vor sie stellen. Sollten wir in das richtige Nest stoßen, wird kein Mensch danach fragen."

„Um dies sagen zu können, brauche ich noch eine

weitere Runde im World Wide Web", meinte Peter Neumann. „Also geben sie mir bitte noch eine Nacht, Herr Markowitsch."

„Sollen sie haben, Neumann", sagte der Hauptkommissar. „Unter der Bedingung, dass sie mir ihre Ergebnisse von heute Nacht hier lassen und sich anschließend nach Hause verziehen, wenn sie sich schon lieber Nachts hier im Kommissariat herumdrücken."

„Gerne", sagte Neumann, als er sich erhob und Markowitsch seine ausgedruckten Recherchen übergab, die er in einer Unterlagenmappe zusammengeheftet hatte.

Er nahm den letzten Schluck Kaffee aus der Tasse und verzog etwas angewidert sein Gesicht, als er das inzwischen kalte Getränk im Mund hatte.

Mit einem kurzen „Gute Nacht Chef" verließ er das Büro von Robert Markowitsch.

22. Kapitel

Nachdem Peter Neumann sein Büro verlassen hatte, überlegte Robert Markowitsch, wie er angesichts der neuen Sachlage weiter vorgehen sollte.

Einerseits würde er nur allzu gerne diesem Karl Kübler auf die Zehen treten, andererseits wollte er den Ermittlungsergebnissen seines Kollegen nicht vorgreifen.

Sollten sich dessen Vermutungen nämlich nicht mit dem aktuellen Fall als zusammenhängend erweisen, könnten sie beide sehr schnell ins Rampenlicht der Öffentlichkeit geraten. Allerdings anders als ihnen lieb wäre.

Also entschloss sich der Leiter der Augsburger Kripo dazu, den ihm aufgebürdeten Dienstweg einzuhalten.

Dass Karl Kübler keine saubere Weste hatte, das konnte Robert Markowitsch auf Grund seiner langjährigen Erfahrung bereits zehn Meilen gegen den Wind riechen.

Er griff zum Telefon und ließ sich mit Martin Steger im Nördlinger Rathaus verbinden.

Das Gespräch wurde von der Sekretärin entgegen genommen, die dem Hauptkommissar erklärte, dass Martin Steger sich noch nicht im Rathaus befände, sie ihn aber innerhalb der nächsten zwei Stunden erwarten würde.

Markowitsch bedankte sich für die Auskunft und legte auf.

Er erhob sich von seinem Platz, steckte wie so oft in so einer Situation beide Hände in die Hosentaschen und stellte sich ans Fenster, um nachdenklich auf die Straße hinunter zu blicken.

Minuten später hatte er einen Entschluss gefasst. Er ließ sich erneut mit der Sekretärin des Nördlinger Rathauses verbinden und erklärte der Dame, dass er im Laufe des Vormittags Herrn Steger persönlich aufsuchen würde, um ihn über den aktuellen Stand der Ermittlungen zu informieren.

Zusätzlich würde er jetzt ein vertrauliches Fax schicken, das den Oberbürgermeister bereits vorab in Kenntnis setzen sollte.

Als Markowitsch das Schriftstück wieder aus dem Faxgerät entnahm hoffte er inständig, dass es seine gewünschte Wirkung erzielen würde.

23. Kapitel

Martin Steger hatte sich nach dem Anruf seiner Sekretärin unverzüglich auf den Weg ins Rathaus begeben.

Sie hatte es dermaßen dringlich gemacht, dass ihm schon beinahe bange war, als er schließ die Treppe zu seinem Büro hinauf stieg.

„Was gibt's denn so Dringendes?", meinte er, als er die aufgeregte Frau schon auf ihn warten sah.

Er nahm das Fax aus ihren Händen entgegen, das ihm aufgeregt gereicht wurde.

Vertraulich, Herrn Oberbürgermeister Martin Steger persönlich las er auf dem Deckblatt des Schreibens.

„Ich hoffe sie haben nicht vergessen, dass ich ihnen untersagt habe, vertrauliche und persönliche Unterlagen an mich zu lesen, Frau Schwab", meinte der OB, als er den Inhalt überflog.

Er stutzte, sah seine Sekretärin an und las sich das ganze Schreiben noch einmal genauer durch, bevor er meinte:

„In diesem Falle jedoch will ich ein Auge zudrücken. Danke, dass sie mich umgehend informiert haben. Zukünftig aber bitte keine Ausnahmen mehr, ja?"

„Selbstverständlich, Herr Steger. Ich werde mich natürlich an die Abmachung halten. Nur in diesem Falle dachte ich mir …"

„Egal", winkte Martin Steger ab. „Sehen wir es in

diesem Fall als unglücklichen Ausrutscher an, der sich nicht mehr wiederholen wird."

Der Blick aus seinen Augen, den er an seine Sekretärin richtete, ließ keinerlei Zweifel an der Bestimmtheit seiner Aussage.

Ihre Hände knetend begab sich Frau Schwab zurück an ihren Arbeitsplatz. Froh darüber, dass ihr weitere Konsequenzen durch den Oberbürgermeister erspart blieben.

Martin Steger ging in sein Büro, schloss die Türe hinter sich, nahm das Telefon zur Hand und wählte die Nummer seines Stadtrats Karl Kübler.

Augenblicke später sah Veronika Schwab den OB aus seinem Büro kommen.

„Alle Termine für heute Vormittag absagen, Frau Schwab. Ich habe Dringendes zu erledigen."

Schon war Martin Steger durch die Türe nach Draußen und hinterließ eine verdutzte Sekretärin. Diese machte sich seufzend daran den Terminkalender durchzublättern, als sie plötzlich aufsprang und Martin Steger hinterher lief.

Als sie ihn auf den letzten Stufen der Treppe eingeholt hatte, sagte sie aufgeregt:

„Dieser Kommissar aus Augsburg hat seinen Besuch für nachher angekündigt. Was soll ich ihm denn sagen, wenn sie nicht im Haus sind?"

„Markowitsch kommt hierher?", fragte Martin Steger mehr sich selbst als seine Sekretärin.

„Ja", antwortete diese. „Das soll ich ihnen jedenfalls ausrichten."

Der Oberbürgermeister blickte auf seine Armbanduhr.

„Dann bieten sie ihm einen Kaffee an, von mir aus besorgen sie auch Kuchen. Ich werde mich beeilen."

Mit diesen Worten nahm er die letzten Stufen und verließ hektisch das Rathaus.

Dass Robert Markowitsch seinen angekündigten Besuch gar nicht durchführen würde, damit rechnete er in diesem Augenblick nicht.

Minuten später betrat Martin Steger die Kleingartenanlage am Sägewerk und begab sich ohne Umwege zum Grundstück Karl Küblers. Man hatte ihm am Telefon gesagt, dass er ihn hier draußen finden könne.

Schon von weitem erkannte er, dass einige Arbeiter damit beschäftigt waren, die Überreste des abgebrannten Gartenhauses zu beseitigen.

„Sie haben es ja mächtig eilig, um ihr Freizeitdomizil wieder aufzubauen, Kübler", sprach er den Stadtrat an.

Dieser nickte nur zustimmend.

„Weshalb auch nicht?", meinte er. „Die Polizei ist fertig mit ihren Ermittlungen hier. Was soll ich noch lange warten?"

„Hat denn die Kripo ihnen gegenüber schon irgendeinen Verdacht geäußert?", wollte Martin Steger von Karl Kübler wissen.

„Ach woher", winkte dieser nur ab. „Man weiß doch, dass sich so etwas endlos in die Länge ziehen kann."

„Und wer soll zukünftig ihr Hab und Gut hier

draußen überwachen?"

Martin Steger sah Kübler lauernd an.

„Wie soll ich ihre Frage denn jetzt verstehen, Steger?", meinte Karl Kübler.

„Na, auf ihren sogenannten Wächter können sie ja momentan nicht mehr bauen. Der wird von der Polizei gesucht und hat wohl längst schon das Weite gesucht."

Der OB griff in die Innentasche seines Jacketts und holte einige zusammengefaltete Seiten Papier hervor, die er Karl Kübler reichte.

„Oder haben sie vielleicht etwas mit seinem Verschwinden zu tun, Kübler?"

Martin Steger beobachtete das Gesicht seines Gegenübers sehr genau, als dieser seinen Blick über das Papier gleiten ließ. Mehr als ein kurzes, nervöses Zucken konnte er jedoch nicht darin erkennen.

„Was soll diese alte Geschichte, Steger?", fragte Kübler den Oberbürgermeister mit zischendem Unterton. „Die Sache ist längst verjährt und war ein Unfall, das wurde eindeutig festgestellt."

„Mag sein, wenn es wirklich so war", gab Martin Steger zu. „Ich kenne die Geschichte nur aus den Akten. Das war lange vor meiner Amtszeit.

Allerdings wirft das Ganze angesichts der aktuellen Sachlage neue Fragen auf. Das ist nicht von der Hand zu weisen."

Steger nahm die Papiere wieder an sich, drehte sich um und meinte beim Weggehen nur:

„Ich an ihrer Stelle würde mir Sorgen machen,

Kübler."

Martin Steger wedelte mit den Papieren in der Luft.

„Denn sollte das stimmen was man sich hieraus zusammen reimen kann, hätten sie allen Grund dazu."

24. Kapitel

Robert Markowitsch telefonierte von seinem Büro aus inzwischen mit Alfred Zacher, dem Leiter der Spurensicherung.

„Haben sie inzwischen herausbekommen woher das Gewehr aus der Gartenlaube stammt, Zacher?"

„Warum denn immer so ungeduldig, Herr Hauptkommissar?", fragte Zacher etwas ironisch. „Ein bisschen Zeit müssen sie uns schon geben, damit wir unsere Arbeit auch ordentlich durchführen können. Ich hätte sie schon noch im Laufe des Tages über die Ergebnisse informiert."

„Im Laufe des Tages ist mir zu spät, Zacher. Ich brauche die Informationen jetzt. Die ganze Situation brennt mir gewaltig unter den Nägeln.

Wir haben zwei Tote. Beide erschossen, keinen Täter und bisher auch noch keine eindeutige Tatwaffe. Also, was ist nun mit ihren Ergebnissen?"

„Gemach, gemach Herr Markowitsch", antwortete Alfred Zacher. „Im Hinblick auf die Tatwaffe kann ich sie schon mal teilweise beruhigen. Der Tote aus der Schrebergartenanlage wurde eindeutig mit unserem *Fundstück* dort draußen getötet.

Wir konnten zwischenzeitlich auch klären, woher diese Präzessionswaffe stammt."

„Nämlich?", fragte Markowitsch ungeduldig dazwischen. „Mensch Zacher. Lassen sie sich doch nicht alles aus der Nase ziehen.“

„Sie wurde geklaut“, antwortete Alfred Zacher vom anderen Ende der Leitung. „Zusammen mit einem zweiten, identischen Modell aus einer Kaserne der Bundeswehr, in der Scharfschützen der GSG9 ausgebildet werden.“

Robert Markowitsch holte einmal tief Luft, bevor er antwortete.

„Donnerwetter, Zacher. Das ist ja ein Ding. Was zum Teufel wird denn hier gespielt?“

„Das herauszufinden, mein lieber Herr Markowitsch, ist wohl ihre Aufgabe. Meine ist an dieser Stelle beendet.“

„Nicht so schnell, Herr Zacher“, hielt Markowitsch den Angerufenen in der Leitung. „Was ist mit dem Gewehr, mit dem dieser Steffen Kleinschmidt erschossen wurde?“

„Kann ich ihnen leider erst beantworten, wenn ich die Waffe auf meinem Tisch habe, Markowitsch“, gab Alfred Zacher zurück.

„Das heißt?“, fragte der Hauptkommissar nach.

„Dass es sich zwar im ersten Moment um das gleiche Kaliber handelt, allerdings aus einem anderen Lauf. Dies hat die Untersuchung unserer Ballistiker eindeutig ergeben.

Tut mir leid, dass ich ihnen im Moment nichts anderes dazu sagen kann, Markowitsch.“

Der Kriminalbeamte überlegte einige Sekunden lang, bevor er das aussprach, was Alfred Zacher soeben mit seiner Aussage in den Raum gestellt hatte.

145

„Das könnte bedeuten, dass wir es möglicherweise mit zwei verschiedenen Tätern zu tun haben? Verdammt, das wirft uns in unseren Ermittlungen wieder ein ganzes Stück zurück."

„So eng würde ich es an ihrer Stelle nicht sehen, Markowitsch. Die Zuordnung aus dem Schrebergarten passt ja. Sie müssen jetzt allerdings herausfinden, wie und mit wem dieses Gewehr nach Nördlingen kam. Das *Warum* ergibt sich dann meist von selbst."

„Danke dass sie mir die grundlegenden Dinge meiner Arbeit aufzeigen, Zacher", moserte der Hauptkommissar in den Hörer.

„Mach ich doch gerne, Markowitsch", kam die lachende Antwort. „Man hilft ja schließlich wo man kann."

„Ich werde es bei Gelegenheit lobend erwähnen, Zacher. Vielen Dank nochmal an sie und die Kollegen."

Mit diesen Worten beendete Hauptkommissar Robert Markowitsch das Telefonat, nach dem er sich auf irgendeine Weise etwas ratlos vorkam.

Seine Hoffnungen ruhten nun noch auf den Schultern seines Kollegen Peter Neumann.

Würde dieser bei seinen Recherchen noch zusätzliche Details herausfinden können, um sie in diesem vermaledeiten Fall weiter zu bringen?

Für einen Moment lang sah Markowitsch Peter Neumann vor seinem geistigen Auge am Computer sitzen und mit flinken Fingern verbissen auf der Tastatur hantieren.

Hoffentlich bist du so gut wie ich dich einschätze, mein Freund, sprach der Hauptkommissar zu sich selbst.

25. Kapitel

Wie gerädert fühlte sich Robert Markowitsch, nachdem er zum er wusste nicht wievielten Male auf die Uhr sah.

Als sein Blick weiter in Richtung seines Schlafzimmerfensters wanderte, stellte er fest, dass der Nachthimmel noch keinerlei Anzeichen von Morgendämmerung zeigte.

Schon vor einigen Stunden hatte der Hauptkommissar überlegt, ob er ins Präsidium fahren sollte, um sich über die Ermittlungsergebnisse seines Kollegen zu erkundigen. Schließlich machte es doch keinen Unterschied, ob er sich schlaflos in seinem Bett umher wälzte, oder ob er sich im Büro nützlich machte.

Er sah nach reiflicher Überlegung allerdings davon ab, wusste er doch, dass Peter Neumann es nicht leiden konnte, wenn sein Chef ihm allzu sehr über die Schultern blickte. Also zog Markowitsch es vor, zu Hause zu bleiben.

Am späten Abend hatte sich Frank Berger nochmals bei ihm gemeldet und versucht, ihm die Leviten zu lesen. Martin Steger hatte sich beim Landrat über die Art und Weise von Markowitsch's Terminplanung beschwert.

Dieser hatte natürlich nichts Besseres zu tun, als diese Klagen direkt an den Oberstaatsanwalt weiter zu geben.

Wie im Kindergarten dachte Markowitsch bei sich. Als ob man nicht mit ihm selbst darüber hätte reden können.

Selbstverständlich verbat er sich auch Frank Berger gegenüber, dass man sich in die Art seiner Ermittlungsführung einmischte.

Dem Leiter der Mordkommission war es in diesem Moment egal, ob es sich hierbei um einen Oberstaatsanwalt, einen Landrat oder den Kaiser von China handelte.

Noch entscheide ich hier, wie ich meine Arbeit mache hatte er Berger zu verstehen gegeben. *Wenn dies irgendjemandem nicht passt, so können sie gerne dafür sorgen, dass sich ein Anderer mit der Aufklärung dieses Falles beschäftigt.*

Damit war für ihn das Thema auch schon gegessen, wusste er doch, dass Frank Berger so etwas nie zulassen würde.

Jedoch sah sich Markowitsch nun noch mehr unter Druck, endlich zu einem zählbaren Ergebnis zu kommen.

Und damit waren seine Gedanken wieder bei Peter Neumann. Er hatte ihn extra noch telefonisch darum gebeten, ihn sofort darüber zu informieren, wenn sich irgendetwas Entscheidendes ergeben sollte, und sei es auch nur der kleinste Hinweis, der sie ein Stückchen weiter brächte.

Erneut sah Markowitsch auf die Uhr, dann wieder zum Fenster. Endlich schien es sich am Horizont langsam zu erhellen.

Wie zum Zeichen eines Aufbruchs deutete der

Hauptkommissar die ersten Lichtstrahlen des sicherlich noch weit entfernten Sonnenaufgangs, falls ein solcher bei diesem wolkenverhangenen Himmel überhaupt stattfinden sollte.

Nichts desto trotz begab er sich ins Bad, schmiss sich einige Hände kaltes Wasser ins Gesicht, putzte sich die Zähne und griff sich anschließend die schon bereit liegenden Kleidungsstücke.

Auf seinen Cappuccino verzichtete er bewusst. Bei seiner vorherrschenden Anspannung hätte er diesen auch gar nicht richtig genießen können.

Für einen guten Cappuccino braucht es Zeit und Muße pflegte er stets Peter Neumann gegenüber zu sagen.

Nachdem er auf Grund der noch relativ ruhigen Verkehrslage nicht allzu lange nach dem Verlassen seiner Wohnung bereits die Tiefgarage des Polizeikommissariats erreicht hatte, spürte Robert Markowitsch die Anspannung in seinem Körper.

Was würde Peter Neumann während der Nacht herausgefunden haben? Gab es überhaupt noch irgendwelche Informationen zu finden, die für sie verwertbar waren?

Immer mit der Ruhe, Markowitsch, dachte er bei sich selbst, als er sich auf dem Gang zu seinem Büro befand. *Sicherlich wartet Neumann bereits voller Ungeduld im Büro.*

Entschlossen drückte er die Klinke der Türe nach unten.

Abgesperrt!

Markowitsch fluchte leise in sich hinein. Also war

Neumann entweder noch bei der Arbeit, oder er hatte aufgegeben und ist nach Hause gefahren.

Seufzend zog Markowitsch seinen Schlüssel aus der Tasche und öffnete die Türe zu seinem Reich. Er drückte auf den Lichtschalter und machte sich wie gewohnt als erstes daran, die Kaffeemaschine in Gang zu setzen.

Als er gerade die Dose mit dem Kaffeepulver öffnete, bemerkte er eine Gestalt in der noch offen stehenden Tür.

„Guten Morgen Herr Markowitsch", vernahm er Peter Neumanns Stimme. „Schlafschwierigkeiten? Oder weshalb sind sie so früh schon hier?"

Der Hauptkommissar blickte etwas skeptisch auf seinen Kollegen, bevor er ihn schließlich fragte:

„Wie sieht's aus, Neumann? Und um es gleich vorweg zu nehmen: Ich habe gelinde gesagt eine saumäßig schlechte Nacht hinter mir und kaum ein Auge zugetan. Also ersparen wir uns die üblichen Guten-Morgen-Floskeln und kommen gleich zur Sache."

Erwartungsvoll sah er seinen Kollegen an.

„Na los, Neumann. Spannen sie mich nicht länger auf die Folter und erzählen sie schon."

„Na ja", begann der Angesprochene betont langsam, während er seinen Körper etwas streckte. „Es war eine lange, arbeitsreiche Nacht, nach der ich mich gerade eben erst einmal etwas frisch gemacht habe."

Robert Markowitsch wurde zusehends ungeduldig.

„Es interessiert mich nicht die Bohne, Neumann, ob sie sich gerade frisch gemacht haben, oder wie lange ihre Nacht war. Die meine war es nämlich auch. Ich möchte verdammt noch mal nur endlich wissen, ob und wenn ja, was sie herausgefunden haben."

Bei seinen Worten deutete Markowitsch auf die Papiere, die Peter Neumann bis zu diesem Moment in der Hand gehalten hatte und nun auf Markowitsch's Schreibtisch ablegte.

„Da kann ich sie beruhigen, Herr Hauptkommissar", meinte Peter Neumann mit einer besänftigenden Handbewegung, was seinen Vorgesetzten nun doch endlich etwas erleichterter dreinschauen ließ.

„Es war nicht ganz einfach an die Informationen heran zu kommen. Ich musste dafür leider auch einige Archivschranken überschreiten, wenn sie wissen was ich damit meine."

„Geschenkt", winkte Markowitsch nur kurz ab. „Wenn uns das entscheidend weiter bringen sollte, dann regle ich so etwas im Zweifelsfalle schon auf dem kleinen Dienstweg."

„Wäre bei ihnen ja nicht das erste Mal, oder?", fügte er Neumanns etwas skeptischem Blick noch murmelnd hinzu. „Weiter bitte!"

„Bevor ich mir hier nun den Mund fusselig rede, lesen sie doch lieber selbst, Chef.

Aber zunächst vielleicht noch das hier. Wurde gestern am späten Abend noch für sie abgegeben."

Peter Neumann reichte Markowitsch eine Notiz.

„Na sowas", murmelte dieser, als er sich das Geschriebene durchgelesen hatte. „Da lädt mich ein Anrufer im Namen von Martin Steger zur heutigen Premiere-Vorstellung in die Alte Bastei nach Nördlingen ein. Eine Eintrittskarte wäre an der Abendkasse hinterlegt."

Etwas überrascht sah Markowitsch auf seinen Kollegen.

„Ist doch prima", meinte dieser. „Dann können wir das Angenehme gleich mit dem Nützlichen verbinden."

„Wie darf ich das denn nun wieder verstehen, Neumann?"

„Lesen sie erst mal meine Unterlagen durch, dann werden sie etwas klarer sehen, Chef. Ich werde uns in der Zwischenzeit schon mal einen Kaffee einschenken."

Peter Neumann stiefelte sichtlich müde in Richtung des Sideboards, auf welchem die Kaffeemaschine stand. Robert Markowitsch' s Blick verfolgte ihn dabei und er konnte sehen, dass sein Kollege anstrengende Stunden hinter sich hatte.

Doch scheinbar hatten sich diese gelohnt, wenn er dessen Andeutungen von eben Glauben schenken konnte.

Peter Neumann kam mit zwei vollen Kaffeetassen an den Schreibtisch zurück und stellte eine davon vor seinem Chef ab.

„Sie sollten sich setzen", meinte der Hauptkommissar. „Kaffee kann man im Stehen nicht genießen."

„Danke", kam die Antwort aus Neumanns Mund, den er gleich darauf weit öffnete, um herzhaft zu gähnen. „Aber ich werde mir das Zeug nur hinein schütten, um noch halbwegs wach nach Hause zu kommen. Ich bin hundemüde."

„Sie werden auf keinen Fall mehr selbst ins Auto steigen", gab Markowitsch zurück und wartete den Einwand seines Kollegen erst gar nicht ab.

„Ich werde mir erst mal in Ruhe ihre Ergebnisse durchsehen. Wir treffen uns dann gegen sechzehn Uhr bei mir zu Hause zur Lagebesprechung.

Sie nehmen sich jetzt ein Taxi oder lassen sich meinetwegen von der Bereitschaft fahren. Dies ist eine dienstliche Anweisung, Neumann. Und jetzt verschwinden sie."

Der Hauptkommissar deutete mit einer entsprechenden Handbewegung zur Türe seines Büros.

Peter Neumann, der noch immer seine Kaffeetasse in der Hand hielt, leerte diese nun mit zwei langen Zügen, bevor er sie auf dem Schreibtisch abstellte.

„Also gut", meinte er nachgiebig. „Wenn sie mich so höflich darum bitten, Herr Hauptkommissar, dann frage ich die Kollegen der Bereitschaft."

Als er gerade die Türe hinter sich schließen wollte, drehte er sich nochmals zu seinem Vorgesetzten um.

Markowitsch blickte fragend auf, als er dies bemerkte.

„Ist noch was, Neumann?"

Dieser grinste.

„Darf ich dann auch mit Blaulicht und Sirene?"

Robert Markowitsch verdrehte die Augen als er antwortete:

„Wenn sie der Einsatzleitung eine glaubhafte Erklärung dafür geben können, von mir aus auch das. Und jetzt hauen sie endlich ab, sie Kindskopf."

26. Kapitel

*D*ie Alte Bastei in Nördlingen sicherte, integriert in die Nördlinger Stadtmauer, als mächtiges Bollwerk die am meisten gefährdete Seite der Stadt - heute dient sie als romantische Freilichtbühne.

Das Mitte des 16. Jahrhunderts durch Caspar Walberger errichtete Bauwerk wurde 1554 als eine zweigeschossige Kasemattenanlage fertig gestellt. So dokumentiert es die Bauinschrift „1554 CW".

Eine weitere Bauinschrift „1598 WW" verweist auf den Ausbau der Bastei durch Wolfgang Walberger. Die Stadtbefestigung musste hier besonders verstärkt werden, da Angriffe auf die Stadt vom nahe gelegenen Galgenberg aus besonders gefährlich waren.

Insgesamt konnte die Alte Bastei mit zehn Geschützen bestückt werden.

1839 aber wurden die Kasemattengewölbe abgetragen. In der Folgezeit wurde die Bastei unter anderem von den Glockengießern genutzt. Sie diente auch den Nördlinger Bierwirten als Lager.

Seit den 1930er Jahren ist dem Verein Alt Nördlingen die Alte Bastei als Freilichtbühne übertragen. Die Idee dazu hatte Johannes Flierl, Gründungsmitglied des Vereins im Jahre 1924.

Karl Kübler fühlte sich sichtlich unwohl in seiner Haut, als er aus der Haustür trat. Irgendetwas lag in der Luft. Doch so sehr er sich auch bemühte, seine Gedanken gaben ihm keinen Aufschluss darüber.

Ein Blick auf die Uhr zeigte ihm, dass es höchste Zeit war sich auf den Weg zu machen. Er konnte sich seine Nervosität nicht erklären, versuchte seine Unsicherheit abzuschütteln, was ihm jedoch nicht ganz gelingen wollte. Die zweideutigen Bemerkungen dieses Kriminalbeamten gingen ihm nicht aus dem Kopf.

Unsinn, dachte er bei sich. *Der kann dir gar nichts anhaben. Lass dich nicht verrückt machen, alter Junge.*

Kübler streckte sich, atmete einige Male tief durch und begab sich in Richtung Innenstadt.

Sein Weg führte ihn vorbei an der St. Georgskirche und er entschloss sich, über die dahinter liegende Pfarrgasse und Turmgasse in Richtung Brettermarkt zu gehen. Von dort aus war es nur noch ein kurzes Stück über die Hintere Reimlinger Gasse bis zur Alten Bastei.

Bei jedem Schritt, mit dem er sich seinem Ziel näherte, wich die Anspannung aus seinem Körper und Karl Kübler war sichtlich froh darüber, als er endlich die ersten Menschen vor den noch geschlossenen Toren der Nördlinger Freilichtbühne erblickte.

Er blickte sich kurz um, als er hinter sich einen Wagen heran kommen hörte. Langsam rollte das Fahrzeug an Karl Kübler vorbei. Im Inneren des Fahrzeugs erkannte er Carola Böckler, die Vorsitzende des Vereins Alt-Nördlingen.

Nachdem sich ihre Blicke trafen, hob er grüßend die Hand, was Frau Böckler mit einem Lächeln kopfnickend erwiderte.

Kübler beeilte sich mit einigen schnellen Schritten, um das kurz darauf anhaltende Auto zu erreichen. Mit einer eleganten Geste und kurz andeutender Verbeugung öffnete er die Wagentüre und reichte Carola Böckler seine Hand, um ihr beim Aussteigen zu helfen.

„Charmant wie immer", meinte sie mit einem dankenden Lächeln, wobei ihr Blick sich nach oben richtete.

„Heute Vormittag sah es noch so aus, als würde uns das Wetter einen Strich durch die Rechnung machen und die Premiere ins Wasser fallen lassen.

Aber so wie es nun aussieht, hat Petrus wohl ein Einsehen mit uns und unseren Akteuren."

„Na, das wollen wir aber doch hoffen, Frau Böckler", vernahm diese mit einem Mal eine Stimme hinter sich.

Als sich die Vorsitzende des VAN umdrehte, erkannte sie Friedrich Mahlinger, den Dekan der Nördlinger St. Georgskirche, der in Begleitung seines Stellvertreters Christian Peschel hinter ihr stand.

„Als Dankeschön für ihre freundliche Einladung zur diesjährigen Premiere haben wir natürlich an höchster Stelle um schönes Wetter gebeten", meinte er lächelnd mit einer Handbewegung nach oben.

„Was natürlich auch nicht ganz uneigennützig war", fügte sein Begleiter hinzu. „Schließlich würden auch wir gerne das neue Stück bei trockenem Wetter genießen."

„Na, dann kann ja fast nichts mehr schief gehen", freute sich Frau Böckler. „Dann darf ich die Herrschaften zunächst auf einen kleinen Begrüßungsdrink in den Ochsenzwinger einladen?"

Sie deutete mit einer Handbewegung auf das eiserne Tor des direkt neben der Alten Bastei liegenden Kulturzentrums.

Die fast hundert Personen, die sich zwischenzeitlich vor der Alten Bastei und dem Ochsenzwinger eingefunden hatten, strömten nun fast allesamt in Richtung dessen Innenhofs, um sich an den aufgestellten Tischen einen Platz zu suchen.

Einige davon waren für die geladenen Gäste reserviert, worauf die entsprechenden Schilder hinwiesen.

Nachdem sich unter den Besuchern diverse Gruppen gebildet hatten, wurde die Geräuschkulisse zunehmend lauter. Themen wie die bevorstehende Aufführung wurden rege diskutiert.

Aber auch das Ambiente des Ochsenzwingers war immer wieder Gegenstand der Gespräche.

Die Bezeichnung der Anlage weist darauf hin, dass sie sich auf dem einstigen Zwinger (das ist der Teil der Befestigung, der zwischen Zwinger und Stadtmauer liegt) befindet und, dass der erste Besitzer der Gastwirt "zum Goldenen Ochsen" in der Reimlinger Straße war.

Der erdgeschossige Längsbau wurde früher unter anderem als Restaurations- und Brauereibetrieb genutzt, später diente er jahrzehntelang als Bierlager und

Abstellplatz für Fahrzeuge.

In den Jahren 2004 und 2005 erfolgte eine umfassende Sanierung durch die Stadt Nördlingen, um das Anwesen als neues städtisches Kulturzentrum nutzbar zu machen.

Keinem der anwesenden Gäste oder den sich in den Räumen der Alten Bastei auf ihren Auftritt vorbereitenden Akteure dieses Abends fiel während dieser Zeit auf, dass sich ein dunkler Schatten über die Stadtmauer in Richtung Alte Bastei näherte.

Und niemand von ihnen hätte es sich zu diesem Zeitpunkt erträumen lassen, dass die heutige erste Vorstellung des neuen Saisonschauspiels eine ganz andere Premiere werden sollte, als man es geplant hatte.

27. Kapitel

Peter Neumann pfiff anerkennend durch die Zähne, als er kurz vor sechzehn Uhr die Wohnung seines Vorgesetzten betrat.

„Donnerwetter, Herr Hauptkommissar", meinte er mit einem lustigen Ausdruck in seinen Augen. „Ich wusste gar nicht, dass sie solch schicke Klamotten haben."

„Kommen sie rein und machen sie die Tür hinter sich zu, Neumann", antwortete Robert Markowitsch. „Und sparen sie sich ihre Frotzeleien. Oder haben sie mich schon mal anders als in einem Anzug gesehen?"

„Nicht dass ich wüsste", gab Peter Neumann zurück. „Aber heute könnte man meinen, dass sie in die Oper gehen wollen."

„Damit sind sie fast auf der richtigen Spur", meinte Markowitsch. „Oder haben sie vergessen, dass ich heute Abend zur Premierenvorstellung nach Nördlingen eingeladen bin?"

„Ach ja, stimmt", meinte Neumann nun etwas nachdenklich. „Und sie wollen da tatsächlich hin?"

„Warum denn nicht?", fragte der Hauptkommissar zurück. „Oder spricht aus ihrer Sicht irgendetwas dagegen?"

„Im Grunde genommen nicht, Chef. Aber ich dachte mir, und das sollten sie sicherlich aus meinen Recherchen herausgelesen haben, dass wir diesen heutigen Abend für unsere Ermittlungen nutzen.

Kübler wird sicherlich auch an der Premiere teilnehmen und ich dachte mir, dass eine Hausdurchsuchung problemloser durchzuführen wäre, wenn er selbst nicht, sondern nur Familienangehörige anwesend sind."

Robert Markowitsch stand vor einem großen Spiegel im Flur, um sich die Krawatte zu binden. Nachdem er den Knoten kontrolliert hatte, zog er diesen wieder auf, streifte sich das Teil über den Kopf und legte es im Wohnzimmer über einen Sessel.

„Da mögen sie im Grunde genommen recht haben, Neumann", ging er auf die Bemerkung seines Kollegen ein. „Auch wenn es nicht die ganz feine Art ist.

Ich persönlich werde allerdings nicht daran teilnehmen. Das lege ich heute ganz in ihre Obhut, Herr Kollege. Allerdings wünsche ich, dass sie mich auf dem Laufenden halten. Vor allem dann, wenn sich ihre Vermutungen bestätigen sollten."

„Das würde aber sicherlich ein schlechtes Bild auf ihre Manieren werfen, Herr Markowitsch, wenn sie während der Vorstellung ans Handy gerufen werden."

Das Blitzen in Robert Markowitsch's Augen war nicht zu übersehen.

„Erstens, Neumann, kann ich das Ding lautlos stellen, und zweitens können sie mich auch per SMS benachrichtigen. Soviel elektronische Grundkenntnisse dürfen sie mir schon zutrauen, auch wenn ich ihnen im Bereich der Datenverarbeitung bei weitem nicht das Wasser reichen kann."

Peter Neumann wusste im ersten Moment nicht, ob er diesen verbalen Ausbruch seines Vorgesetzten lachend oder mit einer Entschuldigung zur Kenntnis nehme sollte. Angesichts der Situation entschied er sich für die zweite Möglichkeit.

„Sorry, Chef. Ich wollte ihnen …"

Markowitsch winkte ab.

„Geschenkt, Neumann. Vergessen sie's. Im Übrigen habe ich heute Mittag mit Berger telefoniert, nachdem ich mir ihre Nachtarbeit verinnerlicht hatte, um es einmal mit ihnen verständlichen Worten auszudrücken."

„Berger?", fragte Peter Neumann etwas verwundert, bevor er sich dann jedoch an die Stirn fasste.

„Stimmt, verdammt. Der Durchsuchungsbeschluss. Hatte ich total vergessen. War wohl doch etwas lang, die letzte Nacht."

„Nicht so schlimm, Neumann", grinste Markowitsch. „Dafür haben sie ja mich.

Allerdings war der Oberstaatsanwalt zunächst überhaupt nicht begeistert darüber, wie wir den heutigen Abend gestalten wollen. Sollte es sich nämlich herausstellen, dass wir mit unserer Aktion auf dem Holzweg waren, werden ihm die Oberen gehörig den Kopf waschen."

Peter Neumann meinte dazu:

„Frank Berger würde sich doch davon wohl nicht beeindrucken lassen, oder?"

Robert Markowitsch blickte etwas nachdenklich zu Boden, bevor er seinem jungen Kollegen antwortete.

„Im Normalfall wahrscheinlich nicht. Aber in diesem Falle haben wir schon ein paar Mal erlebt, dass sich die politische Ebene einschaltet. Da geht es nicht nur um ein Mitglied des Nördlinger Stadtrats, diesen Karl Kübler. Hier geht es um Beziehungen, Neumann.

Diese Herrschaften lassen sich auch von einem Oberstaatsanwalt nicht so einfach in ein schlechtes Licht rücken."

„Schon", meinte Peter Neumann fast ein wenig kleinlaut, wurde gleich darauf aber wieder selbstbewusster.

„Aber meinen Recherchen nach zu urteilen, stehen die Chancen eher zehn zu eins, dass wir uns auf dem richtigen und nicht auf dem Holzweg befinden."

Der Hauptkommissar nickte seinem Kollegen nun anerkennend zu.

„Das sehe ich allerdings auch so, Neumann. Deshalb habe ich mich bei Berger auch stark dafür gemacht, dass wir die ganze Aktion so durchziehen."

Robert Markowitsch blickte in das zufriedene Gesicht eines Kriminalbeamten.

„Dann wollen wir nur hoffen, dass bei der Sache auch etwas Zählbares herauskommt."

Ein Blick zur Uhr zeigte Markowitsch, dass noch keine große Eile geboten war. Alles Notwendige hatte er während des Tages bereits veranlasst.

Ein Streifenwagen mit vier Kollegen stand auf Abruf bereit und auch Rolf Zacher von der Spurensicherung war verständigt.

„Wir haben noch eine gute Stunde bis wir los müssen, Neumann. Was halten sie davon, wenn ich uns beiden jetzt einen richtig guten Cappuccino a la Markowitsch zubereite?"

*

Als Peter Neumann kurz nach neunzehn Uhr den Wagen von Robert Markowitsch auf einen der Parkplätze neben dem Altenheim in der Hinteren Reimlinger Gasse lenkte und die Handbremse anzog, kam ein leiser Seufzer über dessen Lippen. Der Hauptkommissar griff mit seiner linken Hand ans Lenkrad und strich fast andächtig einmal kurz darüber hinweg.

„Es wäre schön, Neumann, wenn ich den Wagen ohne einen Kratzer wieder zurück bekomme. Aber es wäre Blödsinn gewesen, mit zwei Fahrzeugen hierher zu kommen."

Peter Neumann grinste. Es war im Augsburger Kriminalkommissariat ein offenes Geheimnis, wie sehr der Leiter der Kripo sein Dienstfahrzeug liebte.

Der Beamte war sowieso verwundert darüber, als Markowitsch ihm schon vor der Abfahrt aus Augsburg den Schlüssel in die Hand drückte und selbst auf dem Beifahrerseite Platz nahm. Dies zeigte ihm einmal mehr, dass Markowitsch ihm scheinbar sein volles Vertrauen schenkte.

Nachdem sich Peter Neumann während der rund vierzig Kilometer auf der B2 bis Donauwörth wie unter ständiger Beobachtung eines Fahrlehrers vorkam, war er redlich bemüht, keinen Fahrfehler zu begehen.

So schien Robert Markowitsch während der restlichen Strecke bis nach Nördlingen sichtlich entspannt.

„Keine Bange, Chef. Ich werde ihn fahren wie meinen eigenen."

„Das befürchte ich ja gerade", gab Markowitsch mit verdrehten Augen zurück, als in diesem Moment ein kleiner Motorroller neben seinem Auto anhielt.

Nachdem er die Seitenscheibe herunter gelassen hatte machte der Fahrer Markowitsch höflich aber eindeutig darauf aufmerksam, dass er sich auf einem der Dienstparkplätze befände.

Peter Neumann, der soeben seine Polizeimarke aus der Tasche ziehen wollte, wurde von Markowitsch zurück gehalten.

„Lassen sie es gut sein, Neumann. Wir wollen doch hier kein unnötiges Aufsehen erregen."

Der Hauptkommissar löste seinen Sicherheitsgurt, öffnete die Beifahrertüre und stieg aus.

„Schon in Ordnung, junger Mann", meinte er zum Fahrer des Motorrollers und mit einem Grinsen im Gesicht in Richtung Peter Neumann fügte er noch hinzu:

„Mein Chauffeur hat noch zu tun. Er wird den Wagen in der Innenstadt parken."

28. Kapitel

Rolf Zacher, der Leiter der Spurensicherung, traf mit seinem Team fast zur selben Minute in Nördlingen ein, wie auch das Einsatzfahrzeug der Augsburger Bereitschaftspolizei. Die Beamten hatten Order erhalten, ausschließlich in Zivilkleidung zu erscheinen.

„Weshalb hat man denn nicht die Nördlinger Kollegen für diesen Einsatz beordert?", wollte er von Peter Neumann wissen.

„Hätte wohl nur unnötiges Aufsehen erregt", gab der Gefragte zurück. „Die entsprechenden Einzelheiten, die den Anlass zu dieser Durchsuchung gaben, stellten sich erst letzte Nacht heraus."

„Und was glauben sie hier zu finden?", kam Zachers nächste Frage.

„Das mit dem Glauben ist so eine Sache für sich", antwortete Peter Neumann, der sichtlich angespannt wirkte. Ihm war klar, dass nur ein Erfolg zählte.

„Hoffen ist wohl der bessere Ausdruck. Ich hoffe, dass ich ihnen nach der Durchsuchung etwas in die Hand geben kann, das uns der Aufklärung der beiden Morde hier in Nördlingen ein erhebliches Stück näher bringt."

„Na denn", meinte Zacher zustimmend. „Wann starten wir?"

Peter Neumann wollte gerade zur Uhr blicken, als

er aus der Ferne die Glockenschläge vernahm. Wie auf eine Bestätigung wartend zählte er mit.

„… achtzehn, neunzehn, zwanzig."

Sein gesamter Muskelapparat war angespannt, ein kurzer fragender Blick in die Runde folgte. Als er das zustimmende Nicken der Kollegen bekam, sah er Rolf Zacher an.

„Jetzt", gab er die Antwort auf dessen Frage. „Meine Herren, bitte folgen."

Entschlossen trat Peter Neumann an die Haustüre und drückte zweimal auf den Klingelknopf neben dem angebrachten Namensschild.

Kübler war dort in verschnörkelten Buchstaben eingebrannt in das Holztäfelchen zu lesen.

Es dauerte nur wenige Augenblicke, bis die Türe geöffnet wurde.

„Hast du was vergessen?", hörte Peter Neumann eine Frauenstimme, die sich sofort wieder von der Türe entfernte.

Der Kriminalbeamte sah die Rückseite einer Frau vor sich, die sich mit hastigen Bewegungen ein Handtuch um ihre Haare verknotete.

„Frau Martina Kübler?"

Peter Neumann bemühte sich, einen möglichst offiziellen Ton anzuschlagen. Er war noch nicht allzu oft in der Situation, einen Einsatz selbstverantwortlich zu leiten. Jedenfalls keinen dieser Größenordnung. Allzu viel Zeit zum Nachdenken gönnte er sich jedoch nicht.

Die Frau war in diesem Augenblick mitten im

Hausflur stehen geblieben und hatte sich umgedreht, nachdem sie die ihr fremde Stimme vernommen hatte. Mit großen, fragenden Augen, ihre Hände noch immer das Handtuch festhaltend, stand sie da.

„Guten Abend", meinte sie etwas erschrocken, wohl im Hinblick auf ihren nassen, eingepackten Haarschopf. Oder war es wegen des fremden Mannes und seiner Begleiter?

Martina Kübler kam die wenigen Schritte zur Haustüre zurück. Für einen Moment hielt sie inne, schien die Personen zu zählen, die sich vor dem Eingang aufgestellt hatten, als wollten sie jeden Moment einen Überfall starten.

Sekunden später schien sie sich wieder gefasst zu haben. Sie versteckte mit einer flinken Bewegung das Ende des Handtuchs an ihrem Kopf, sodass dies nun von selbst hielt.

„Wenn sie zu meinem Mann wollen, so muss ich sie leider enttäuschen, meine Herren. Er befindet sich momentan in der Alten Bastei. Premiere-Vorstellung. Eigentlich sollte ich auch schon weg sein, aber sie wissen ja: die Frauen."

Martina Kübler versuchte die letzte Bemerkung etwas ins Selbstironische zu ziehen, konnte jedoch keine entsprechende Reaktion in den Gesichtern vor ihr erkennen.

„Die Vorstellung beginnt in knapp dreißig Minuten. Sie sehen also, meine Herren: ich bin in Eile."

Peter Neumann räusperte sich nur kurz, bevor er antwortete.

„Es tut mir leid, Frau Kübler, aber wir werden ihnen wohl diesen Abend verderben müssen."

Während er diesen Satz sprach, zog er seine Dienstmarke aus der Tasche hervor.

„Neumann, Kriminalpolizei Augsburg", sagte er kurz angebunden.

Die Gesichtsfarbe von Martina Kübler wechselte in diesem Augenblick von einer soeben noch hektischen Röte in ein fahles Grau.

„Kriminalpolizei?", fragte sie ungläubig.

„Ich fordere sie hiermit auf uns ins Haus zu lassen, Frau Kübler", sprach Peter Neumann und hielt der Frau des Nördlinger Stadtrats den offiziellen Durchsuchungsbescheid entgegen.

Nachdem einem Blick auf das Dokument trat die nun etwas hilflos wirkende Frau zur Seite und sah, dass der Kriminalbeamte seine Kollegen mit einem kurzen, aber eindeutigen Handzeichen in das Haus beorderte.

Zunächst etwas desorientiert folgte sie den Männern in ihre Wohnung, griff schließlich zum Telefon und fragte dabei Peter Neumann:

„Können sie mir erklären, was das Ganze hier zu bedeuten hat? Sie haben sicherlich nichts dagegen, wenn ich meinen Mann verständige?"

„Ich kann sie nicht daran hindern, Frau Kübler. Allerdings würde ich ihnen empfehlen, damit noch etwas zu warten. Sollte sich unser Verdacht nämlich bestätigen, werden wir dies in Kürze wissen und ihren Mann ohnedies hierher bringen lassen."

Die momentan völlig überforderte Frau begab sich nun in ihr Wohnzimmer und ließ sich scheinbar kraftlos auf die dunkle Ledercouch nieder.

„Ich weiß zwar nicht was hier vor sich geht und welchen Grund sie haben hier so einfach einzudringen, aber ich kann sie ja wohl nicht daran hindern?", sprach sie mit fragendem Blick zu Peter Neumann.

Ich kann ihnen versichern, Frau Kübler", antwortete dieser, „dass wir dies nicht ohne Grund tun."

29. Kapitel

Karl Kübler, der sich in der Gesellschaft von Carola Böckler und dem inzwischen ebenfalls eingetroffenen Oberbürgermeister Martin Steger befand, sah auf seine Uhr und blickte sich einige Male suchend auf dem Gelände des Ochsenzwingers um.

„Sie erwarten noch jemanden, Herr Kübler?", fragte die Vorsitzende des VAN.

„Ja", gab er zur Antwort. „Eigentlich sollte meine Frau längst da sein. Allerdings kann ich sie nirgendwo sehen."

„Tja, die Frauen", meldete sich der OB zu Wort. „Meine hat es aus terminlichen Gründen heute leider auch nicht geschafft, mich zu begleiten."

„Trotzdem komisch", antwortete Karl Kübler achselzuckend. „Sie war noch nicht fertig im Bad als ich losging, wollte aber schnellstmöglich nachkommen."

Carola Böckler legte ihren Arm auf Küblers Schulter und meinte:

„Sicherlich wird sie rechtzeitig eintreffen. Noch haben wir ja etwas Zeit und ihr Platz bleibt ja reserviert."

Sie lächelte den Stadtrat an.

„Herr Steger hat mir mitgeteilt, dass sie an seiner Stelle zu Beginn ein paar kurze Sätze sprechen, Herr Kübler?"

„Ja", antwortete dieser. „Der Oberbürgermeister hat mich darum gebeten. Er hätte schon so genügend

Ansprachen zu halten, sodass ich also heute Abend die Eröffnungsrede präsentieren darf. Falls sie nichts dagegen haben, Frau Böckler, würde ich vorher allerdings gerne einen kurzen Test auf der Bühne starten."

Kübler hob entschuldigend beide Arme und meinte lächelnd:

„Ist nur zur Sicherheit. Fehlende Routine, wenn sie verstehen was ich meine."

„Selbstverständlich, tun sie das", lächelte Frau Böckler zurück. „Lassen sie sich für ein paar Minuten einschließen, dann sind sie ungestört. Wenn sie etwas benötigen, so wenden sie sich an einen der Techniker. Ich werde in der Zwischenzeit noch einige Bekannte begrüßen."

Sie drehte sich um und verschwand aus dem Blickfeld der Männer zwischen den zahlreichen Menschen.

Karl Kübler nickte Martin Steger entschuldigend zu und schritt Augenblicke später alleine die Stufen hinauf, die zum Inneren der Alten Bastei führten.

Einer der Angestellten öffnete ihm die Türe, nachdem Kübler ihm sein Anliegen mitgeteilt hatte.

„Es ist alles bereit. Melden sie sich einfach, wenn sie Hilfe brauchen", meinte er.

„Danke", sagte Kübler und ging die Stufen zwischen den linken und den mittleren Zuschauerplätzen hinab in Richtung Bühne.

Er stellte sich hinter das Mikrofon und rückte sich dieses etwas zurecht.

Mit einem kurzen Griff in die Innentasche seines Jacketts zog er ein zusammengefaltetes Blatt mit einigen Notizen hervor. Ein kurzes Räuspern folgte.

Da der Lautstärkeregler des Mikrofons herunter gefahren war, sprach Kübler etwas lauter, um möglichst natürlich zu klingen.

„Verehrte Frau Böckler, meine sehr geehrten Damen und Herren", begann der Stadtrat seinen Test, bei dem er zunächst den Oberbürgermeister begrüßte, sowie auch die Namen einiger der nachher anwesenden Ehrengäste aufzählte.

Desweiteren überflog er jetzt nur kurz einige Details zu den Vorbereitungen des diesjährigen Stückes, wobei er nachher die Probearbeiten des Regisseurs sowie der ganzen Schauspielerinnen und Schauspieler hervor heben würde.

Nach circa fünf Minuten beendete er seine Sprechprobe mit den vorgesehenen Schlussworten:

„Während der Spielpause dürfen wir sie zu einem kleinen Umtrunk in den Ochsenzwinger nebenan einladen. Und nun wünsche ich uns allen einen gelungenen Auftakt zur neuen Saison und eine tolle Premiere."

„ … die in diesem Jahr allerdings einen ganz anderen Titel trägt als angekündigt."

Diese Worte hallten, trotz dessen sie ohne Mikrofon gesprochen waren, wie ein Donnerschlag durch die Alte Bastei.

Karl Kübler zuckte auf der Bühne zusammen, als hätte ihm jemand einen Stromschlag verpasst.

Er drehte seinen Kopf in die Richtung, in der er den Sprecher vermutete.

*

Hauptkommissar Robert Markowitsch war inzwischen einige Schritte an der Stadtmauer entlang gegangen um seine Gedanken zu sortieren.

Nachdem er nun einen Blick in den Innenhof des Ochsenzwingers geworfen hatte, suchte er angesichts der Menschenmenge gleich wieder das Weite. Er nahm sich nach kurzem Überlegen vor, schon einmal seinen Sitzplatz zu reservieren.

Als er das Ende der Treppen zum Inneren der Alten Bastei erreicht hatte musste er jedoch feststellen, dass die Eingangstüre noch geschlossen war.

Ein Angestellter, wie Markowitsch vermutete, saß auf einem Stuhl und blätterte in einem Prospekt. Als er aufblickte und den vermeintlichen Besucher vor sich stehen sah, blickte er kurz auf seine Armbanduhr, um sich aber sofort wieder seinem Faltblatt zu widmen, ohne auch nur daran zu denken, die Zugangstüre zu öffnen.

Robert Markowitsch überlegte einen Augenblick, schmunzelte kurz in sich hinein und holte seine Dienstmarke hervor.

Als er diese vor den Augen des Mannes hin- und herpendeln ließ, sah dieser erschrocken auf.

„Polizei?", fragte er ungläubig. „Ist etwas passiert?"

„Eine reine Vorsichtsmaßnahme", antwortete der

Hauptkommissar und bemühte sich, sein aufkommendes Lachen zu unterdrücken.

„Bei so einer Menge an Prominenz kann man ja nicht vorsichtig genug sein. Ich würde nur gerne kurz vor Beginn der Veranstaltung ...“

Er deutete dabei auf die geschlossene Tür.

Wie von einer Tarantel gestochen erhob sich der Angestellte des VAN und öffnete die Tür.

„Wir haben hier stets alle Sicherheitsbestimmungen eingehalten“, beeilte er sich zu sagen.

„Davon bin ich überzeugt“, gab Markowitsch zurück. „Aber sicher ist sicher.“

„Natürlich, selbstverständlich“, stotterte der Mann. „Momentan ist nur Stadtrat Kübler zur Mikrophonprobe dort drin.“

„Kein Problem“, antwortete der Kripobeamte. „Ich werde ihn nicht dabei stören. Vielen Dank.“

Während Robert Markowitsch von innen die Türe leise wieder schloss, konnte er seine Belustigung nicht mehr unterdrücken. Als er sich Sekunden später umdrehte und von oben herab in Richtung Bühne sah, blieb ihm das Lachen jedoch sprichwörtlich im Halse stecken.

Er erkannte Karl Kübler, der sich scheinbar hilfesuchend an einem Mikrophonständer festhielt und seitlich über die Schulter nach oben in den Kulissenaufbau starrte.

Dort hatte sich ein Mann aufgebaut, die Beine leicht gespreizt. Der Hauptkommissar schätzte ihn im mittleren Alter, bekleidet war er mit einem leichten, scheinbar schon etwas zerschlissenem Sommermantel oder Trenchcoat, der in diesem Moment geöffnet wurde.

Der Gegenstand, der darunter zum Vorschein kam, ließ Markowitsch vor Schreck das Wasser in den Adern gefrieren.

Ob es sich um ein Gewehr, eine Schrotflinte oder welche Waffe auch immer handelte, war für Markowitsch in diesem Augenblick zweitrangig.

Er merkte nur, wie sich sämtliche Muskeln seines Körpers anspannten, da er die Bedrohung, die von diesem Mann ausging, fast körperlich spüren konnte.

Jede Menge Gedanken rasten Markowitsch durch den Kopf. Wäre er sich nicht sicher gewesen welches Stück heute zur Premiere angesetzt war, er hätte in diesem Augenblick glatt auf eine Kriminalstory getippt.

Doch sein Instinkt sagte ihm ganz deutlich, dass dies hier kein Spaß war.

Im Hintergrund ertönte mehrmals ein Gong. Robert Markowitsch wurde sofort bewusst, dass sich innerhalb weniger Minuten der Innenraum der Freilichtbühne mit den Zuschauern füllen würde.

Als er nun immer lauter werdende Stimmen vernahm, die in Sekundenschnelle näher zu kommen schienen, wurde kurz darauf hinter seinem Rücken die Türe geöffnet.

Mehrere Personen strömten nun in den Zuschauerraum der Alten Bastei und der Robert Markowitsch sah die Gefahr einer Panik aufkommen.

Wie durch ein Zeichen verstummte die Unterhaltung hinter ihm, so als wären die Menschen mit einem Male verschwunden.

Um sich zu vergewissern, drehte der Hauptkommissar kurz seinen Kopf über die Schulter nach hinten und erkannte teils staunende, teils aber auch erschrockene Gesichter.

„Der Wächter!", hörte Robert Markowitsch mehrere der inzwischen Anwesenden rufen, die mit einem Fingerzeig nach oben auf die Kulissentreppe deuteten.

Dort hatte der noch immer breitbeinig stehende Mann inzwischen seine Waffe auf den Nördlinger Stadtrat gerichtet.

Markowitsch griff in seiner Jackettasche nach seinem Handy, als er die Stimme Karl Küblers vernahm.

„Was soll das, Mann? Sind sie verrückt geworden?"

„Was das soll?", gab der Angesprochene mit einem höhnenden Lachen zurück.

Er deutete mit einer Hand in Richtung Eingangstüre, durch die sich immer mehr Menschen nach innen drängten. Mancher der Gäste hatte inzwischen sogar einen Sitzplatz eingenommen. Scheinbar rechneten sie wohl mit einer Überraschungseinlage.

Mit einer ausholenden Handbewegung vollzog er einen Halbkreis, bevor er weiter sprach:

„Ihr Publikum ist heute hierher gekommen um eine Premiere zu erleben. Diese wird auch stattfinden. Aber es wird nicht das angekündigte Stück sein, sondern den Titel tragen:

Das Attentat in der Alten Bastei!

Wobei ich derjenige sein werde, der in diesem Stück die Regie übernimmt."

Nach diesen Worten schritt er wie in Zeitlupe die Treppenstufen hinab, hielt seine Waffe dabei noch immer auf den Nördlinger Stadtrat gerichtet.

„Sie, *Herr Karl Kübler*, werden bei diesem Stück die tragische Hauptrolle spielen."

30. Kapitel

Peter Neumann hatte in der Zwischenzeit mit den Kollegen der Augsburger Bereitschaft die Durchsuchung in Küblers Haus beendet.

Rolf Zacher, der Leiter der KTU kam mit seinem aufgeklappten Notebook zu ihm.

„Sie hatten recht, Neumann. Es handelt sich laut der von uns festgestellten Registrierungsnummer tatsächlich um eines der beiden gestohlenen Präzessionsgewehre, die damals in der Kaserne gestohlen wurden.

Zum jetzigen Zeitpunkt gehe ich davon aus, dass die zweite Waffe das Fundstück aus der Gartenanlage ist. Bleibt nur noch zu klären wie dieser Kübler an die beiden Gewehre kam."

„Das sollten wir ihn wohl am besten selbst fragen", meinte Peter Neumann.

„Außerdem fehlt eines seiner Jagdgewehre. Laut der uns zur Verfügung gestellten Liste von ihm handelt es sich um eine Steyr Luxus, die wir auch in seinem Wagen nicht finden konnten", sagte Rolf Zacher noch, wobei er seine Kollegen heran winkte.

„Wir packen zusammen. Unser Teil der Arbeit sollte hiermit zunächst beendet sein."

„Dann werde ich jetzt mal losgehen, um meinen Chef zu informieren."

Peter Neumann, der als Letzter hinter Zacher durch die Türe ins Freie trat, wollte noch etwas wissen.

„Wo haben sie das Fundstück eigentlich so schnell entdeckt?"

„Das bringt die jahrelange Erfahrung so mit sich, junger Freund", meinte er. „Wobei es nicht oft vorkommt, dass man so eine Waffe komplett zerlegt und in einem präparierten Doppelboden einer Standuhr versteckt."

„Hut ab", lobte Peter Neumann ehrlich die Arbeit des KTU-Leiters und begab sich zum Dienstwagen seines Chefs.

Rolf Zacher fragte staunend:

„Hoppla, hat ihnen Markowitsch sein Heiligtum etwa freiwillig überlassen?"

„Tja", gab Neumann lachend zurück. „Daran kann man gleich erkennen, welch vertrauenserweckende Erscheinung ich doch bin."

Als er per Knopfdruck auf den Schlüssel die Türverriegelung öffnete, vernahm er das Klingeln seines Handys. Ein kurzer Blick auf die Nummer zeigte ihm, um wen es sich bei dem Anrufer handelte.

„Als hätte er es mal wieder gehört", seufzte Peter Neumann mit verdrehten Augen in Richtung Zacher.

„Guten Abend, Herr Markowitsch, ist das Stück etwa schon zu Ende?", meldete er sich.

*

„Es ist keineswegs zu Ende, Neumann. Hier geht es jetzt erst richtig los. Ich erwarte sie und die Kollegen innerhalb der nächsten zwei Minuten hier an der alten Bastei, und zwar ohne Lärm, wenn sie wissen was ich meine", versuchte Robert Markowitsch trotz seiner Angespanntheit ruhig zu bleiben.

Peter Neumann, der oft genug Gelegenheit hatte, die Zweideutigkeit aus dem Munde von Robert Markowitsch zu deuten, vernahm die Brisanz aus dessen Worten.

Fast per Hechtsprung nahm er auf dem Fahrersitz der Limousine Platz und deutete schon während des Einsteigens den Kollegen mit hektischem Winken an, ihm zu folgen.

„Lautlos", rief er ihnen nur noch zu, als er den Motor startete und den Wagen in Richtung Innenstadt lenkte.

31. Kapitel

Hauptkommissar Robert Markowitsch erkannte plötzlich aus den Augenwinkeln der Nördlinger Oberbürgermeister neben sich.

„Guten Abend Herr Steger", sprach er leise. „Ich habe mich zwar über ihre Einladung gefreut, hätte mir jedoch einen angenehmeren Verlauf des Abends vorgestellt."

„Von welcher Einladung sprechen sie Markowitsch?", sprach der OB überrascht.

Der Kripobeamte zog seine Eintrittskarte aus der Tasche.

„Hab ich die nicht ihnen zu verdanken?", fragte er Martin Steger, immer darauf bedacht, das Geschehen auf der Bühne nicht aus den Augen zu lassen.

Er hoffte inständig, dass Neumann und die Kollegen der Bereitschaft rechtzeitig vor Ort sein würden, bevor die Situation hier eskalierte.

Robert Markowitsch war nicht der Typ eines Kriminalbeamten, der stets mit einer Waffe im Schulterhalfter herum lief. Heute jedoch wünschte er sich insgeheim, er hätte sie mitgenommen.

Etwas verwundert hörte er von Martin Steger, dass dieser nichts von einer Einladung ihm gegenüber wusste.

Aus den Augenwinkeln erkannte der Hauptkommissar, dass sich der vermeintliche Attentäter über die

Kulissentreppe nach unten bewegte, immer darauf bedacht, sein Ziel in der Person von Karl Kübler nicht aus den Augen zu lassen.

Einige Mitarbeiter des VAN hatten inzwischen damit begonnen, die Zuschauer möglichst ohne aufkommende Panik zum Verlassen der Freilichtbühne zu bewegen. Viele unter ihnen jedoch wollten sich das bizarre Schauspiel nicht entgehen lassen und blieben auf ihren Plätzen.

Markowitsch, der dies bei einem kurzen Rundumblick mitbekam, registrierte es mit einem mulmigen Gefühl in seiner Bauchgegend.

Plötzlich ansteigendes Stimmengewirr riss ihn aus diesen Überlegungen und lenkte seine Aufmerksamkeit wieder auf das Geschehen vor ihm.

Der Bewaffnete befand sich nun unmittelbar vor Karl Kübler und drückte den Lauf gegen dessen Oberkörper.

Im Licht der mittlerweile eingeschalteten Bühnenscheinwerfer erkannte Robert Markowitsch, wie sich sein Blick suchend durch die nun zum Teil leeren Sitzreihen bewegte und schließlich auf ihm bzw. Martin Stegers Person ruhte.

„Wie ich sehe, haben sie meine Einladung erhalten, Herr Hauptkommissar."

Der Oberbürgermeister und Robert Markowitsch sahen sich verwundert an.

„Nun wissen sie ja, wem sie ihre Anwesenheit zu verdanken haben, Markowitsch", sprach Nördlingens Stadtoberhaupt mit leiser Stimme, die jedoch von der

Bühne her gleich wieder unterbrochen wurde.

„Wie ich sie einschätze, werden wohl einige ihrer Kollegen in den nächsten Minuten hier eintreffen. In der Zwischenzeit möchte ich sie darüber in Kenntnis setzen, weshalb diese ganz besondere Premiere heute hier stattfindet."

Der Leiter der Augsburger Kripo verließ nun seinen Platz neben Martin Steger und begab sich die wenigen Stufen hinab in Richtung Bühne, wurde jedoch durch scharfe Worte von oben sofort wieder gestoppt.

„Das reicht, Markowitsch. Nicht dass mein Zeigefinger vor Nervosität zu zittern beginnt. Das könnte für unseren Hauptdarsteller hier unangenehme Folgen haben."

Er stieß den Lauf der Waffe vehement gegen Küblers Oberkörper, was den Mann vor Schreck als vor Schmerz einige Schritte rückwärts stolpern ließ. Mit weit aufgerissenen Augen erkannte er das Jagdgewehr in den Händen seines Kontrahenten.

„Wie kommen sie an meine Steyr?", fragte er voller Panik und dachte dabei an seine Frau, die nicht erschienen war.

Der Wächter erahnte die Gedanken des Nördlinger Stadtrats.

„Keine Bange Kübler. Ihre Frau hat keine Ahnung. Nicht einmal sie selbst haben etwas davon bemerkt, als ich heute Nachmittag durch ein offenes Fenster in ihr Wohnzimmer kam.

Einen Schlüssel zu ihrem Waffenschrank nachzumachen war auch ein leichtes Unterfangen. Sie hatten ihn ja oft genug auf dem Tisch in ihrem Gartenhaus liegen gelassen, als sie sich dort draußen aufgehalten haben."

Karl Kübler musste schwer schlucken. Diese Nachlässigkeit in der Öffentlichkeit ausgeplaudert würde sicherlich unangenehme Folgen für ihn haben.

Aber was waren diese schon gegen das, was er im Moment durchlebte? Wie würde das Ganze hier wohl enden? Kübler ahnte, dass heute Abend wohl der angenehme Teil seines Lebens zu Ende gehen würde.

Er hoffte inständig, dass es nur der angenehme Teil war und nicht sein Leben an sich. Verzweifelt suchte er in seinen Gedanken nach einem Ausweg.

*

Peter Neumann und seine Kollegen waren in der Zwischenzeit in den Zuschauerraum der Alten Bastei gekommen. Einige der Beamten sorgten umgehend dafür, dass die wenigen aus Neugier noch anwesenden Gäste möglichst rasch nach draußen gebracht wurden.

Um dies gefahrlos durchführen zu können, hielten die restlichen Polizisten mit ihren Waffen im Anschlag den vermeintlichen Attentäter in Schach.

„Kompliment, Herr Hauptkommissar", meinte dieser zu Markowitsch, neben dem inzwischen auch Peter Neumann aufgetaucht war.

„Das ging ja wirklich rascher als ich gedacht habe. Aber vorsichtig mit den Fingern am Abzug, meine

Herren", mahnte er mit einem kalten Lächeln in die Runde. „Wir wollen doch nicht, dass diese Premiere in einem Blutbad endet, oder?"

Angesichts der bedrohlichen Situation für den Nördlinger Stadtrat wollte Markowitsch kein größeres Risiko eingehen. Er und Peter Neumann tauschten für einige Sekunden ihre Blicke und beide nickten sich in stummem Einverständnis zu.

„Was genau wollen sie eigentlich mit ihrer Vorstellung hier erreichen, Paul Ledermacher", übernahm der Augsburger Kripochef nun die Initiative.

„Oder sollte er besser sagen: Paul Sattler?", schickte Peter Neumann hinterher.

Zunächst erstaunt, Sekunden später jedoch wieder mit seinem selbstbewussten Lachen antwortete der Wächter:

„Ah, Respekt. Ich sehe sie haben ihre Hausaufgaben erledigt, meine Herren."

Markowitsch setzte schon zu einer Antwort an, als ihm Peter Neumann zuvor kam.

„Hat uns auch zwei schlaflose Nächte gekostet, Sattler. Welche wir aber gerne investiert haben, unter der Voraussetzung, dass sie Herrn Kübler nun in unsere Obhut übergeben."

„Und weshalb sollte ich das ihrer Meinung nach tun, *Herr Hilfskommissar*?", gab Paul Sattler höhnisch zurück.

„Weil er im Sinne des Gesetzes schuldig gesprochen wird, für das was er verbrochen hat", antwortete nun Robert Markowitsch.

„Wofür wollen sie mich schuldig sprechen, Markowitsch?", rief Karl Kübler von der Bühne herunter.

Trotz der für ihn lebensbedrohlichen Situation suchte er weiterhin nach einem Ausweg aus seiner misslichen Lage. Er deutete mit einer Hand auf Paul Sattler.

„Dieser Mann, dem ich wohlwollend, mit einer wenn auch nicht gerade anspruchsvollen Tätigkeit, die Möglichkeit gegeben habe, wieder ein einigermaßen anständiges Leben zu führen, bedroht mich dafür öffentlich mit einer Waffe, nachdem er in mein Haus eingebrochen ist und diese widerrechtlich aus meinem Waffenschrank an sich genommen hat.

Ich bin mir ziemlich sicher, dass er auch den Penner in der Gartenanlage erschossen hat."

„Was macht sie dabei so sicher, Herr Kübler?", fragte Markowitsch nach.

„Das liegt doch auf der Hand", meinte dieser nun mit etwas selbstsicherer Stimme. „Sattler hatte uneingeschränkten Zugang zu meinem Anwesen dort draußen.

Dass er skrupellos genug ist, um in ein Haus einzudringen und sich eine Schusswaffe zu besorgen, das haben sie ja eben selbst gehört."

Karl Kübler stand wie ein Unschuldslamm mit ausgebreiteten Armen auf der Bühne der Alten Bastei. Wäre es nicht eine so absurde Situation, man hätte ihn glatt für ein Kriminalschauspiel engagieren können.

Paul Sattler jedoch holte ihn augenblicklich in die Wirklichkeit zurück.

„Reden sie keinen Stuss, Kübler", zischte er gefährlich, wobei er ihm den Lauf des Jagdgewehrs nun gegen die Stirn drückte.

„Ich gehe davon aus, dass alle hier Anwesenden darüber informiert sind, dass es sich bei der Tatwaffe nicht um ein Jagdgewehr handelt, sondern um eine Präzessionswaffe aus einer Ausbildungskaserne der GSG9, die sich widerrechtlich in ihrem Besitz befand."

„Das ist lächerlich, Sattler. Wem in Gottes Namen wollen sie dieses Märchen glaubhaft machen?", fragte Karl Kübler mit bebender Stimme. Er versuchte nun, seinen letzten Trumpf aus dem Ärmel zu ziehen.

„Wahrscheinlich wissen diese Herren dort unten nicht, dass sie damals als Wachposten in dieser Kaserne Dienst hatten. Man wird schnell herausfinden, dass sie Alkoholprobleme hatten."

„Halten sie die Klappe, Kübler", blaffte Paul Sattler den Stadtrat an und stieß ihm mit dem Jagdgewehr wieder gegen die Brust.

Doch der Stadtrat sah sich in diesem Augenblick im Aufwind.

„Ich bin mir sicher, dass sie diesen Waffendiebstahl selbst inszeniert haben, um sich ihre Sauferei zu finanzieren."

Ein leises, triumphierendes Lächeln umspielte Karl Küblers Gesicht, das im nächsten Augenblick jedoch wieder einzufrieren schien.

„Ganz so lächerlich ist das in unseren Augen gar nicht, Herr Kübler", meldete sich nämlich nun wieder

Peter Neumann zu Wort. „Laut des offiziellen Untersuchungsberichts der Bundesbehörden wurden damals sogar zwei dieser Gewehre gestohlen.

Mit einem davon wurde der Mann in der Kleingartenanlage erschossen, das ist richtig. Das Unangenehme für sie in dieser ganzen Angelegenheit ist allerdings die Tatsache, dass wir in ihrem Haus die zweite Waffe gefunden haben."

Nun war es Paul Sattler, der überrascht war.

„Alle Achtung, Herr Hilfskommissar. Sie sind besser als ich gedacht habe."

Kübler zuckte zusammen, als nun Robert Markowitsch wieder das Wort ergriff.

„Ja, er ist schon sein Geld wert, unser junger Kollege. Er konnte zwar nicht herausfinden wie sie an die gestohlenen Waffen gekommen sind Kübler, aber das ist sicherlich nur eine Frage der Zeit."

Selbst im grellen Scheinwerferlicht konnte man sehen, dass Karl Kübler kalkweiß im Gesicht wurde.

„Nur eines will mir noch nicht in den Kopf, Kübler. Weshalb diese ganze Inszenierung mit zwei unschuldigen Toten?"

Karl Kübler starrte nur stumm gerade aus, scheinbar unfähig, auch nur ein einziges Wort zu sagen.

„Das will ich ihnen gerne erklären, Markowitsch", sprach nun wieder Paul Sattler.

Meine Eltern und ich lebten vor Jahren hier in Nördlingen. Wie manch andere auch hatten wir ein kleines Grundstück in der Kleingartenanlage dort draußen.

Bis auf wenige Ausnahmen waren es immer sehr harmonische Tage und Nächte, die wir dort verbrachten.

Diese wenigen Ausnahmen bestanden darin, dass hin und wieder betrunkene Jugendliche oder Obdachlose in einige Gartenlauben eindrangen, um zu übernachten oder sich diverse Gegenstände mitnahmen, wohl um diese zu Geld zu machen.

Meist hatten sie es auf die größeren Häuser abgesehen, da dort wohl eher etwas zu holen war.

Unser Grundstück befand sich damals neben dem der Familie Kübler, das mehrmals Ziel dieser Personen war."

Paul Sattler unterbrach für einen kurzen Moment seine Erklärung und wandte sich an den Nördlinger Stadtrat.

„Wollen sie weiter erzählen, Kübler?"

Doch Karl Kübler sagte nur einen einzigen Satz.

„Man hätte das Pack damals einfach wegsperren sollen, dann wäre uns dies alles erspart geblieben."

„Dies ist aber nicht geschehen", fuhr Sattler fort. „Und so haben sie das Gesetz eben in ihre eigenen Hände genommen.

Sie erwischten eines nachts wieder einmal einige Obdachlose in ihrem Haus in der Gartenanlage. Und dann beschlossen sie, dem Ganzen endgültig ein Ende zu bereiten, nicht wahr?"

„Hätte ich auf das Einschreiten unserer Gesetzeshüter gewartet, hätten die mir das letzte Hemd geklaut", versuchte der Stadtrat sich zu verteidigen und bemerkte in seiner Erregung scheinbar nicht, dass dies schon ein Schuldgeständnis war.

„Ich war damals wohl ein Hitzkopf und außerdem sollte es nur eine Warnung an diese Brüder sein. Ein Karl Kübler lässt sich nicht einfach so beklauen", versuchte er mit vor Wut geballter Faust wie zu seiner Entschuldigung zu sagen.

„Nein, lieber versucht er die Bande auszuräuchern, nicht wahr, Kübler?", schleuderte Paul Sattler ihm anklagend entgegen.

„Hätten diese Idioten mein Hab und Gut damals liegen gelassen und wären verschwunden, so wäre überhaupt nichts passiert", schrie Kübler Paul Sattler entgegen.

„Aber die machten sich noch einen Spaß daraus und haben sich dort verschanzt. Was blieb mir denn anderes übrig, als selbst zu handeln?"

Für einen Moment herrschte Stille in der Alten Bastei, bis sich plötzlich Martin Steger zu Wort meldete.

„Sie haben damals das Feuer gelegt, Kübler? Sind sie denn wahnsinnig?"

„Warum?", sprach dieser. „Keinem der Penner ist was passiert. Die sind plötzlich gelaufen wie die Hasen, als es vor dem Gartenhaus zu qualmen anfing. Außerdem habe ich das kleine Feuerchen gleich wieder gelöscht."

„Aber nicht sorgfältig genug", schrie Paul Sattler ihn wutentbrannt an. „Sie sind abgehauen ohne sich davon zu überzeugen, dass die Glut vollständig erloschen war.

Der Wind entfachte sie wieder und das Feuer griff auf unser Haus über. Ich habe sie beobachtet, Kübler, denn ich schlief in dieser Nacht in einem Liegestuhl im Garten.

Mein Vater hatte am Abend vorher etwas zu viel getrunken und schnarchte wie ein Bär. Nur deshalb war ich nicht im Haus und habe das Ganze überlebt.

Ich war zunächst starr vor Schreck, als ich erkannte, dass unsere Gartenlaube Feuer gefangen hatte. Doch es gab keine Chance, meine Eltern zu wecken. Das trockene Holz brannte innerhalb weniger Augenblicke lichterloh."

Paul Sattler senkte die Waffe, ließ sie auf den Bühnenboden fallen und packte Karl Kübler mit beiden Händen am Kragen.

„Ich musste aus sicherer Entfernung mit ansehen wie meine Eltern jämmerlich in unserem Gartenhaus verbrannten, Kübler. Es blieb damals nichts als Rauch und Asche zurück. Und ich habe mir geschworen, dass sie eines Tages dafür büßen würden, denn mein Leben war seitdem die Hölle.

Ich hatte schon als Junge angefangen zu trinken, um den Schmerz und den Hass auf sie zu verdrängen. Wenigstens so lange, bis ich mich in der Lage sah, Rache zu nehmen.

Ein glücklicher Zufall, leider nur mit gefälschten Papieren, da ich ja über keine Ausbildung verfügte, brachte mir die Möglichkeit zur Bundeswehr zu gehen.

Aber von diesem Zeitpunkt an sah ich die Chance, mein Lebensziel vollenden zu können: Sie zur Strecke zu bringen, Kübler.

Dass sie ein Waffennarr sind, das wusste man früher schon immer. Sie hatten durch ihr Familienerbe stets Geld genug, sich ihr teures Hobby zu finanzieren. Und darin sah ich eines Tages meine Chance gekommen.

Es ist richtig, ich habe den Diebstahl der beiden Gewehre veranlasst. Ich habe zwei Leute dafür bezahlt, dass sie ihnen diese Waffen wie eine Angel unter die Nase hielten und sie Kübler, haben ahnungslos angebissen.

Der Rest war ein Kinderspiel. Durch die verdammte Sauferei wirkte ich wesentlich älter als ich war. Die unehrenhafte Entlassung war zwar schmerzhaft, gehörte aber auch zu meinem Plan.

Kein Hahn kräht nach einem, der unehrenhaft aus dem Staatsdienst einer Eliteeinheit entlassen wurde.

So war es relativ einfach für mich unterzutauchen, um mir eine Existenz als Obdachloser aufzubauen.

Den Rest kennen sie ja, Kübler. Mein Fehler war wohl nur, dass ich mich zu sehr für das Haus meiner Eltern interessiert habe. Und der Name Ledermacher war wohl auch etwas unglücklich gewählt. Dies hat sie letztendlich auf meine Spur gebracht.

Sie wollten mich mit meinen eigenen Waffen schlagen, indem sie wieder zwei unschuldige Menschen getötet haben.

Ich weiß, dass ich mich in manchen Dingen strafbar gemacht habe und dafür wohl eine Zeit lang hinter Gitter muss. Aber ich bin mir sicher, dass sie mich dabei begleiten werden. Und das ist mir die ganze Sache wert."

Karl Kübler, der noch immer von Sattler am Kragen gepackt war, riss sich aus dessen Händen los. Er griff im Rückwärtstaumeln in die Innentasche seines Jacketts und zog eine Pistole hervor, die er augenblicklich auf den völlig überraschten Paul Sattler richtete.

„Wie sie vorhin richtig bemerkt haben, Sattler, bin ich schon immer ein Waffennarr gewesen. Ich gehe selten ohne eine solche aus dem Haus und deshalb hat sich das Blatt nun auch gewendet."

Karl Kübler trat dem als Wächter bekannten Mann mit der auf seinen Kopf gerichteten Pistole entgegen.

„Wer soll ihnen dieses Ammenmärchen abnehmen, Sattler? War es nicht vielmehr so, dass sie aus Rache und von Hass geblendet zurück gekommen sind, um sich an den Jugendlichen und Obdachlosen zu rächen? Wer sollte ihnen schon Glauben schenken?"

Robert Markowitsch biss sich angesichts der veränderten Situation nervös auf die Lippen. Sein Blick ging zu den Kollegen der Bereitschaft, von denen inzwischen zwei den Stadtrat ins Visier genommen hatten.

Robert Markowitsch entschloss sich nun dazu, alles auf eine Karte zu setzen.

„Haben sie ihre Dienstwaffe dabei, Neumann?", flüsterte er seinem Kollegen zu.

Peter Neumann klopfte nur kurz gegen die linke

Seite seines Oberkörpers.

„Gut", meinte Markowitsch. „Dann passen sie jetzt gut auf mich auf."

Der Hauptkommissar wandte sich an den Stadtrat.

„Ich werde jetzt nach oben auf die Bühne kommen, Herr Kübler. Sie werden mir ihre Pistole aushändigen und uns zusammen mit Paul Sattler aufs Präsidium begleiten. Dort werden wir klären, wer von ihnen beiden im Recht ist."

Karl Kübler, der seine Felle nun langsam wieder davon schwimmen sah, richtete seine Waffe auf Robert Markowitsch.

„Sie bleiben wo sie sind, Markowitsch. Das Recht gegenüber Sattler ist auf meiner Seite. Ich lasse mir doch nicht von einem dahergelaufenen …"

Weiter kam er nicht, denn nun überschlugen sich die Ereignisse.

Paul Sattler erkannt den Moment der Unachtsamkeit seines Kontrahenten, als dieser mit der Pistole nicht mehr auf ihn zielte.

Genau in diesem Augenblick ließ er sich zu Boden fallen, um nach Küblers Jagdgewehr zu greifen, rechnete jedoch nicht mit dessen Kaltblütigkeit.

Als er am Boden liegend den Lauf nach oben richtete, traf ihn die Kugel aus Küblers Pistole im Kopf.

Ungläubig riss Sattler seine Augen auf, bevor sein lebloser Körper zusammensackte.

Nur einen Sekundenbruchteil später fielen zwei weitere Schüsse. Einer aus Peter Neumanns Dienstwaffe, die Karl Küblers Arm durchschlug und ihn dadurch zwang, die Pistole fallen zu lassen.

Der zweite Schuss kam von einem der Bereitschaftspolizisten und traf den Stadtrat in den Oberschenkel.

Laut aufschreiend sank Kübler zu Boden.

Markowitsch drehte sich zu seinen Kollegen um.

„Danke meine Herren. Das war gute Arbeit", meinte er aufatmend und trat einige Schritte auf Karl Kübler zu, der sich mit schmerzverzerrtem Gesicht auf der Bühne wälzte.

„Wir brauchen einen Notarzt", rief Markowitsch über die Schulter in Richtung Peter Neumann.

Zu Kübler gewandt sprach er anschließend:

„Da die bisherigen Ermittlungen im Bezug auf die Tatwaffe im Falle des zweiten Mordes ergebnislos verlaufen sind, bin ich mir relativ sicher, dass man diese heute Abend in ihrem Haus gefunden hat.

Glauben sie mir, Herr Kübler: wenn sich auch nur die geringsten Spuren daran feststellen lassen, dass es sich dabei um die gesuchte Waffe handelt, so werden die Kollegen der KTU dahinter kommen.

Sollten die Vermutungen zutreffen, so werden sie nicht nur eine Anklage für das eben verübte Tötungsdelikt an Paul Sattler erhalten.

Sie sind bis zur vollständigen Klärung des Falles vorläufig festgenommen."

Mit einem Blick über die Schulter rief er den Kollegen zu:

„Zwei Mann begleiten Herrn Kübler ins Krankenhaus, meine Herren."

197

*

Nachdem Peter Neumann hinter Robert Markowitsch aus dem Gebäude der Alten Bastei auf die Straße getreten war, gingen die beiden Beamten direkt zu dessen Dienstwagen.

Sowohl er als auch Markowitsch verspürten keinerlei Drang, sich den Fragen oder Glückwünschen aus der umher stehenden Menschenmenge zu stellen.

„Schlüssel?", hielt Robert Markowitsch fragend Peter Neumann die Hand entgegen.

Nachdem er die Fahrertür geöffnet hatte sah er Peter Neumann über das Dach hinweg an.

„Kein Kratzer?", fragte er.

„Kein Kratzer", antwortete dieser lächelnd.

„Sehr schön, Neumann", meinte Markowitsch und reichte seinem Kollegen den Schlüssel zurück. „Dann dürfen sie mich jetzt nach Hause fahren. Ich bin hundemüde."

Epilog

Ein herzliches Dankeschön geht auf diesem Wege wie immer an meine Erstleserinnen Gabriele, Ulrike und Angelika, die mich stets schonungslos auf Ungereimtheiten und Fehlerteufel hinweisen.

Quellenangabe zwecks Recherchen:

www.noerdlingen.de
www.freilichtbuehne-noerdlingen.de

Folgende Titel sind bereits bei BoD erschienen

160 Seiten   9,90 €
ISBN-13:   978-3831149100

Günter Schäfer

Tod auf dem Daniel

208 Seiten   12,90 €

ISBN-13:   978-3837095012

208 Seiten   12,90 €

ISBN-13:   978-3837054163

Günter Schäfer

Unser Lehrer hat 'nen Vogel !

Eine Kriminalgeschichte aus Nördlingen

136 Seiten   8,90 €
ISBN-13:   978-3842384118